山东省社会科学规划研究项目文丛·一般项目（15CYQJ02）

书香英伦
英国图书馆之旅

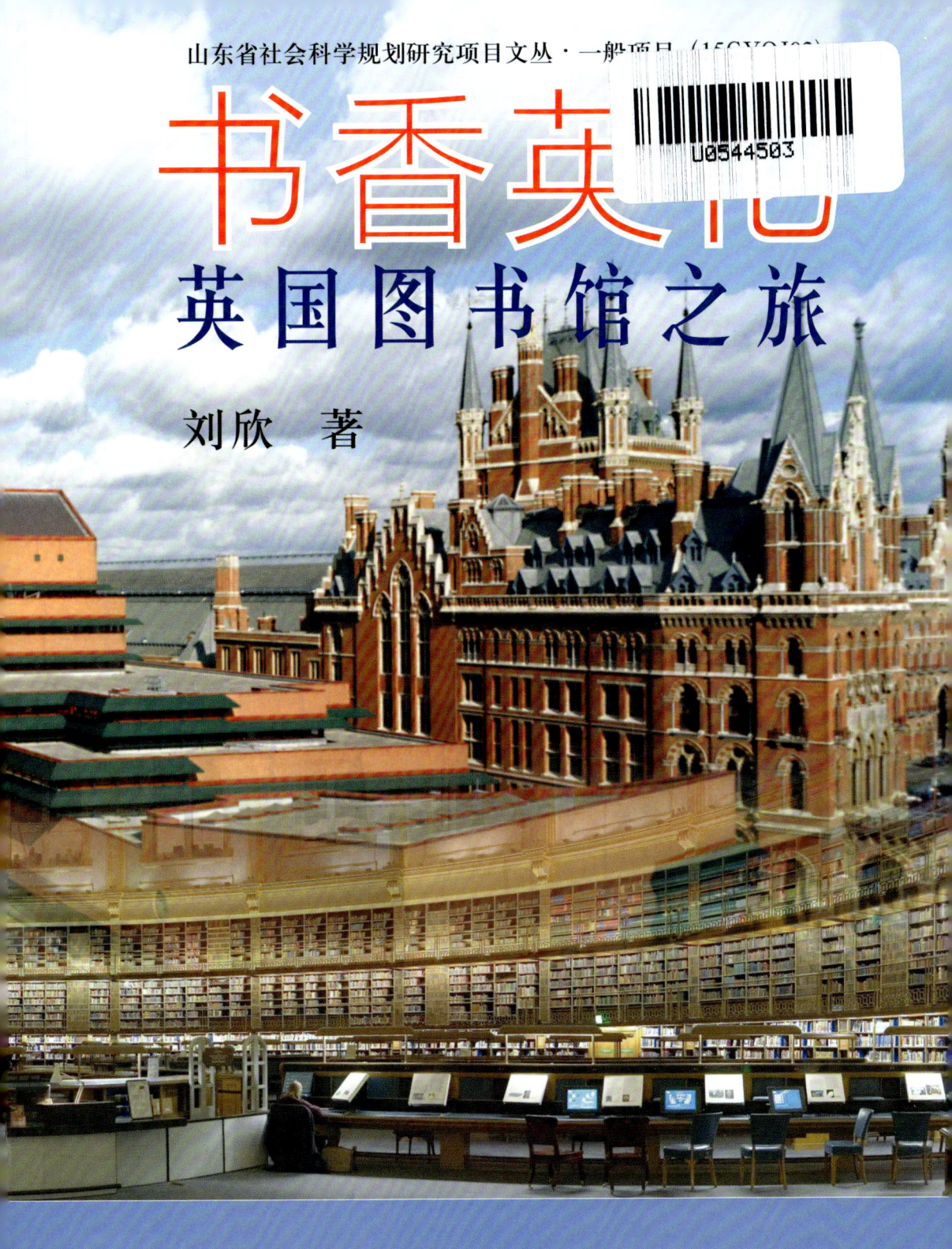

刘欣 著

知识产权出版社
全国百佳图书出版单位

图书在版编目（CIP）数据

书香英伦：英国图书馆之旅 / 刘欣著 .—北京：知识产权出版社，2016.3
ISBN 978-7-5130-1067-2

Ⅰ.①书… Ⅱ.①刘… Ⅲ.①游记—作品集—中国—当代 Ⅳ.① I267.4

中国版本图书馆 CIP 数据核字（2016）第 024653 号

内容提要

本书是作者在英国访学期间撰写的一本专业游记。作者以一名专业图书馆员的独特视角，以细腻的笔触、清新的文风及图文并茂的方式，向我们描述了英国图书馆等文化机构的异域风格和遍及英伦的浓郁的文化氛围。全书共分四部分，分别为大学图书馆篇，公共图书馆篇，博物馆、美术馆、名人故居篇和闲趣与思考篇。本书既适合与图书馆有关的从业者阅读，也适合向往图书馆工作、喜欢读书、喜欢旅行的人士阅读。

责任编辑：许　波　　　　责任出版：刘译文

书香英伦——英国图书馆之旅
SHUXIANG YINGLUN——YINGGUO TUSHUGUAN ZHI LÜ

刘欣　著

出版发行：知识产权出版社有限责任公司	网　址：	http://www.ipph.cn
电　话：010 — 82004826		http://www.laichushu.com
社　址：北京市海淀区西外太平庄55号	邮　编：	100081
责编电话：010 — 82000860 转 8380	责编邮箱：	xbsun@163.com
发行电话：010 — 82000860 转 8101 / 8029	发行传真：	010 — 82000893 / 82003279
印　刷：北京嘉恒彩色印刷有限公司	经　销：	各大网上书店、新华书店及相关专业书店
开　本：720mm×1000mm　1/16	印　张：	15.7
版　次：2016年3月第1版	印　次：	2016年3月第1次印刷
字　数：300 千字	定　价：	88.00 元
ISBN 978-7-5130-1067-2		

出版权专有　侵权必究
如有印装质量问题，本社负责调换。

序一 PREFACE

我们应该向英美图书馆学习什么

王 波

  我和刘欣馆长相识于2013年，在成都的电子科技大学召开的图书馆2.0会议的茶话会上，刘馆长热情健谈，给我留下了深刻印象。此后，经常从网络上看到刘老师带领济宁学院图书馆开展的丰富多彩的阅读推广活动，对她十分钦佩。前些日子她给我发来一部书稿，展卷拜读，对她更添敬重。

  这是一本图文并茂、内容丰富的关于英国图书馆的考察报告。刘欣老师用她的专业眼光，详细地向我们展示了英国图书馆的大量的有借鉴价值的细节，对尚未来得及亲眼考察英国图书馆的同行来说，是宝贵的直观了解英国图书馆的望远镜和显微镜。

  特别让我感动的是，很多人出国都把大部分精力和时间花在了游览大众景区及购物上，而刘欣老师却选择了专门考察图书馆，经常是早上从住地乘火车，赶到另外一个城市考察一两家图书馆，傍晚再乘火车返回住地。在书中，她访问的图书馆达40余所，顺访的博物馆、美术馆、书店达60余家，镜头所及，全是令她心动的英国图书馆内的场景和细节，以及与阅读有关的人物、图画和器物，即便是购物，买的不是书就是与阅读有关的画册和公仔，这种坚持和耐心的背后，或者说这种"职业病"的背后，是一颗强大的事业心，是对图书馆职业的热爱。

  只有敬业精神饱满的图书馆员，出国才会特别留意与图书馆有关的点点滴滴，特别喜欢搜寻"别人家的图书馆"的高明之处，不停地在脑海中和国内的

图书馆进行比较。刘欣老师以馆长的敏锐仔细打量着英国大小不一、各种各样的图书馆，生怕漏掉一丝一毫。她把所见所闻以图文并茂的形式记录下来，向我们呈现了一桌关于英国图书馆的悦目盛宴。

翻阅刘老师的书，感觉十分亲切，因为它勾起了我在2014年暑假访美一个月的感受，当时也生发诸多感慨，拍了大量照片，可惜没有像刘老师这样及时落笔成书。既然和刘老师的很多发现、很多感慨都十分接近，那就干脆借写序的机会阐发一下，与刘老师和读者交流。

我觉得考察国外图书馆的根本目的是取长补短，发现了人家的优点，也就找到了改善自家图书馆的方向。那么英美图书馆的优点是什么呢？我觉得以下七点尤其值得我们重视和学习。

一、建筑坚固古老，富有历史感

走在欧美的大街上，常有一种错觉，觉得这里才是千年之国，而祖国的五千年历史则没有很好地体现在建筑上。因为欧美的老建筑多是石头垒砌，经久耐用，动辄就有一二百年甚至上千年的历史，而中国的古建筑多是土木结构，一来盖不高，缺乏宏伟之势；二来不耐火，常因火而毁，难以寿终。如今我们所能看到的中国古建筑，溯及明代的就已经十分稀少。英美的图书馆，固然有十分新潮、时尚的新建筑，但其大型公共图书馆，往往都是庄严古老的建筑。这些建筑在建造和装修时似乎都做了开"百年老店"之打算。比如，美国的波士顿公共图书馆竣工于1895年，纽约公共图书馆竣工于1911年，都是使用至今的百年老馆。本书中作者到访的谢菲尔德图书馆，风格古朴稳健、墙壁厚重，门窗线条简洁，白色的大理石墙面经得起风尘侵蚀，定期擦拭后洁净如初，给人古朴典雅、清净安宁的第一印象。再如本书中提到的肯斯黑斯小镇图书馆，红色的砖墙，大理石的装饰，门楣上写有"1905"的字样，配上浅蓝色的木制门窗。这样的百年建筑，虽历经沧桑，依然清新活泼，旧而不脏。而在莎士比亚的故乡，古老的斯特拉福德镇图书馆——那栋白墙黑窗的都铎式尖顶小楼，更是演绎着一首岁月的变奏曲，室内的房梁、门窗的框木、台面甚至墙上挂着的铭牌，都用黑色原木，走进图书馆，还未阅读，便感觉到一种粗犷有力、返璞归真、直抵内心的沉静之美。

善用牢固的地基、厚重的石墙，这是英美图书馆屹立不倒的基础；善用大理石、原木、书架通顶装饰墙面，这是英美图书馆抗污耐脏、易于打理、常用常新的秘密；历史感和时尚感的完美结合，则是英美图书馆美轮美奂的绝招。对照少新建、多改建的华贵典雅的英美的"老爷式"图书馆，我们是否应该反思：少盖一些70年建筑寿命、10年装修寿命的图书馆，也来打造一些百年老店式的图书馆。

二、华美的主阅览室令人留恋

英美的图书馆也不是每个阅览室都颜值爆表，但总有一间主阅览室堪称图书馆的门面担当。微信、微博中经常传阅的"世界25家最美图书馆"之类话题中的照片，绝大部分都是这些图书馆的主阅览室。美国国会图书馆的圆形放射状阅览室、美国波士顿公共图书馆主阅览室的穹顶和绿色台灯，都给人留下深刻印象。英国利物浦中央图书馆的皮克顿阅览室，就是该馆的主阅览室，那华丽宽敞的穹顶，像流淌的音符一般向四处延伸，四周书架壁立，配以精致的如同工艺品一般的雕花楼梯，令人赏心悦目；阅览室中央像精神火炬一般的柱灯，以及以此为中心，呈射线型布局的桌椅，典雅简约，错落有致，阅览桌上的台灯温暖柔和，古朴梦幻，极有情调。这样的图书馆，让人不喜欢都难。

英美图书馆的主阅览室的共同特点是：空间高阔，大气通风；用宗教画、开国元勋画装饰墙壁和顶棚，于潜移默化中起到信仰教育、爱国主义教育的作用；除了窗户，四周全是顶天立地的书架，没有墙壁的定期装修和清洁之忧；灯光层次丰富，吊顶灯、橱顶灯、桌面灯构成了三级照明，不但保证亮度，而且美化气氛，令阅读极为舒适。

我国的图书馆没有强烈的打造主阅览室的意识，只有个别图书馆有主阅览室，如中国国家图书馆著名的回字形阅览室，大多数图书馆对阅览室的建设都是平均用力，每一层的阅览室都一模一样或小有差别，显得重点不突出，缺乏

亮点。我们应该学习西方的主阅览室制度，如果各馆都能重点打造一间大气雍容、辉煌典雅、风格独特的主阅览室，会大大增加对读者的吸引力。

三、灯光布设极为用心

图书馆是读书的地方，灯光的重要性不言而喻。灯光不仅可以营造氛围，还可以给人精神上和心灵上的愉悦，英美图书馆十分重视灯光的运用。比如，在利物浦图书馆儿童阅读区，流畅的环形灯带温暖明亮，良好的光线可以让小朋友感到自由放松，可以在愉快的氛围中阅读、游戏。在伯明翰大学教育图书馆，小小的黑色阅览桌上配以柔和的暖色台灯，给人安宁、沉静的感觉，便于进入阅读和思考的状态。在阿斯顿大学图书馆的学习中心，根据不同区域的功能安排不同的灯光，分别营造出宜于读书、思考、交流的不同氛围，让人感到贴心、舒适。英美的一些图书馆，为了营造气氛，甚至完全放弃自然光照。如美国耶鲁大学的储存图书馆，窗户不用玻璃，皆用整块的薄片大理石，室内只能看到半透光状态下的大理石的美丽花纹，别有一种韵味，但如此微弱的自然光无法支持阅读，室内全靠层次丰富、搭配和谐的灯光来照明。

反观国内的大多数图书馆，千篇一律地采用冷色的吊顶灯管或节能灯，很少布设射灯、台灯，只考虑节能，不考虑美感。灯光一开，全馆亮如白昼，缺乏灯光的色温变化和焦点变化所带来的氛围感、神秘感，这种环境过于直白和生硬，常常让用过国外图书馆的读者感觉颇不适应。今后国内的图书馆，应该多学习、借鉴国外图书馆的灯光布置艺术，让灯的类型多样化，让灯上桌、上架，让灯冷暖适宜，为读者营造出一个更容易沉浸于阅读和思考的光影世界。

四、微创新处处可见

行走在英国大大小小的图书馆里，总能捕捉到一些创意十足的小细节、小设计。比如在谢菲尔德哈勒姆大学图书馆，安静学习区门口的地毯上，可以看到门里门外两块不同颜色的椭圆形的小提示："嘘！！！你正在进入安静学习区"，看到这样的提醒，相信读者会自觉地放轻脚步，保持安静。在卡迪夫图书馆入口的自动玻璃门上，装饰着书车、书、不同姿态阅读者的剪影，色彩明亮，画面活泼，好像在说："你好，这里是图书馆"。在大英图书馆入口处的墙上有一个木制的画框，整整齐齐地写满了169个"YES"，用最大的热情欢迎大家来图书馆读书；还有那些在阅览桌上放置的读者伸手可及的小卡片、小书签、签字笔，书架间经常可见的方便读者拿取高处书籍的小脚凳等。美国的伊利诺伊州立大学—厄巴纳·香槟分校图书馆，在走廊拐弯处的顶棚墙角都装有球形反光镜，以防读者在拐弯处不小心发生碰撞。圣何塞州立大学图书馆的一间阅览室，大理石桌子分别做成亚洲、欧洲、北美洲、南美洲、非洲、大洋洲、南极洲、北极洲的地图的形状，拼合起来就是一幅世界地图。这些贴心的小设计总是在不经意间打动人心，提醒人们这里是图书馆，这里是读书之地，这里有人文关怀。

国内的图书馆近些年在微创新方面有所进步，比如同济大学图书馆，每层楼都有一个公用咨询电话，一拨就到咨询台。很多图书馆开始提供雨伞、手纸，但是需要向英美图书馆学习的还有很多。

五、图书馆员热爱工作和生活

凡是到过英美图书馆的人，无不对其高素质的图书馆员队伍印象深刻。无论你什么时候走进图书馆，他们总是礼貌、友好地打招呼，总是热情地提供细致周到的服务，他们对职业的自豪感和积极性值得国内同行们学习。

英美图书馆员对生活的热爱，还表现在对环境布置的投入，跟随刘欣老师的镜头我们看到许多饶有情趣的情景，在英国考文垂图书馆的宣传栏中，图书馆员手写的五颜六色的回复读者意见的小便笺，有着各种变化有致的字体、空白处画着呆萌可爱的小插图，让本是表达读者不满的意见栏变得兴趣盎然，也让我们仿佛看到了图书馆员可爱的笑脸。在伯明翰地区的沃雷城堡社区图书馆，头戴圣诞帽、粘着白胡子的美女图书馆员，卖力地带着小朋友唱圣诞歌，做圣诞游戏。在谢菲尔德图书馆每层楼的楼梯拐角处，图书馆员手叠的淡紫色的千纸鹤，高低错落，浪漫典雅。在肯斯黑斯图书馆入口处的走廊里，挂满了气球、剪纸、贴纸等图书馆员自己的手工制品。很多图书馆员的桌子上摆着家庭照片、偶像的照片和模型、自己喜爱的公仔玩具、各种挂件、花花草草等，这些东西杂而有序，让读者感觉图书馆员是一群十分幸福、相当有趣、散发着正能量的人，愿意受他们感染，接受他们的帮助。

国内的图书馆员给社会的刻板印象，以前是蓝大褂、织毛衣，现在是看电脑、玩手机……要改变这种刻板印象，就得向英美的图书馆员看齐，多围绕工作发展兴趣、进行创意，多挖掘手头事务的可玩性，以既严肃又活泼的心态干工作，才能发现工作的可爱、读者的可亲，获得更大的成就感和幸福感。

六、突出图书馆的地域特色

英美的图书馆很注意展示地域特色。首先在外观上让人一看就是这个国家的。比如英国人喜欢红砖、尖顶或穹顶的建筑，或者是都铎式建筑，书中提到的大多数图书馆都是这类外形，比如英国卡菲利图书馆，外观是具有童话色彩的尖帽式的圆形建筑，馆内外都用威尔士语和英语两种语言印刷标识和标牌，处处向我们传达着"我来自古堡之国"的信息。美国的纽约公共图书馆和波士顿公共图书馆则都拥有西方盛行的罗马宫殿式外观。其次是图书馆及其分馆和特定区域也一定体现与地方文化或馆藏适配的特色。比如在英国的谢菲尔德图书馆，墙壁上装饰着许多与图书馆以及阅读有关的名人名言，而这些名言警句，全部来自历史上谢菲尔德市曾经涌现出的各界精英，有著名作家、音乐家、经济学家、演员、政界官员等，让人在享受阅读的同时，萌发一种强烈的归属感和自豪感。美国的旧金山公共图书馆，大厅中有一面通顶的蓝色玻璃墙，上面用白色字体书写的全是本地著名作家、学者的名字。美国国会图书馆的东亚部，装修完全用的是中国式家具，不论书架、楼梯、座椅、字画，都是中国风格的，来到这里，感觉更像是在中国的图书馆。美国普林斯顿大学图书馆的东亚分馆，从过道开始，就充满了中国元素，有博古架、瓷瓶、插画、字画、佛像等，收藏大藏经的区域，则用的是藏式的书柜，墙上挂着唐卡。

相反，我国的大量图书馆只能看到现代化，不能看到中国味。进到馆里，若不是到处都是中国人、到处都是中国书，甚至不知道是在哪个国家的图书馆。外国游客进到中国的图书馆，那种扑面而来的异国风情绝对没有英美图书馆给予中国的参观者的那么具有冲击力。我国的图书馆应该学习英美东亚图书馆的装修风格，突出中国元素、民族气息，如此才能更有魅力地吸引中外读者和访问者。四川国际标榜职业学院图书馆，建筑采取中国古典书院式，家具全为中式家具，而且不少是从民间收购的川西旧家具，学校虽然名气不大，但其图书馆却被誉为国内最美的图书馆之一。重庆大学在改建图书馆时，装修采用民国风格，也受到学生们的追捧。这些事例充分说明，打造具有中国气派、中国风格、民族特色的图书馆更符合读者的审美习惯，也更顺应国际潮流，值得国内在改建和新建图书馆时给予充分重视。

七、实用主义的创新观

英美图书馆知道自己代表世界一流、无师可从，所以很多创新往往基于实用主义，给人的感觉是任性、大胆，比如读者需要在图书馆喝咖啡，那就在图书馆开设咖啡馆；游客需要在图书馆购买纪念品，那就在图书馆销售纪念品。在本书中也介绍了很多英国图书馆的咖啡馆和纪念品销售处。而在传统的图书馆观念里，在需要防治蟑螂等虫害的图书馆里吃东西，在公益机构性质的图书馆里销售商品，都是违背行业大忌的，这些都是英美图书馆学教给我们的知识，而他们自己却勇敢地突破了。

英美图书馆的实用主义创新还体现在很多方面：比如校园里没有空间，那就把储存图书馆建在几十公里外的郊区，校园周边有空间，那就把储存图书馆建在校园周边，或者校园地下有空间，那就建在校园地下。教师们需要托管科研数据，那图书馆就提供科研数据监护……再看我国的图书馆，因为一直在仿效发达国家的图书馆，养成了一谈创新就看欧美，不善于独立思考的坏习惯，所以很多创新都是基于教条主义的，是从国外抄袭过来的"山寨式创新"，最多有所改良。因为这种创新一直比国外慢半拍，所以很多情况下还会遭遇转向不及的尴尬。比如刚学习哈佛大学，将储存图书馆建到了郊区，后来发现伊利诺伊州立大学—厄巴纳·香槟分校将储存图书馆建到了校园周边，便感觉有些落伍，再后来发现芝加哥大学把储存图书馆建到了馆舍附近的地下，更是觉得悔青了肠子。所以我国的图书馆在发展到今天的情况下，还要有意识地摒弃教条主义，不能循规蹈矩地学习英美，要学习人家基于实用主义的创新精神，认真了解读者的需要，进行一些真正领先世界的创新。

以上七点在本书中都有丰富、精彩、直观的呈现，也是我在美国考察时的最大感悟。这七点，大多数通过转变理念就能学到手，但是也有些方面由于制度的原因，貌似好办，实则难以落实。比如我国的大学都是一个法人、一个账号，高校图书馆没有权利开展经营活动，若自办公司，则责任大、手续繁，以至于咖啡馆、礼品部都很难在大学图书馆里开设。希望随着国家和大学的改革，类似问题都能一一破解。

很多年前，我就呼吁，希望图书馆界出现一个钟芳玲式的传奇人物。钟芳玲是我国台湾著名的出版人、作家兼访书家，喜欢到处采访书店，著有图文并茂的"书店三部曲"——《书店风景》《书天堂》《书店传奇》已成为出版界的经典、爱书人的最爱。然而，世界上的图书馆比书店古老、辉煌得多，却没有人写出类似的经典。虽然有人写过参观国外图书馆的游记，如程亚男老师的《流动的风景》，可惜图片太少，不足以与《书天堂》比肩。刘欣老师的这本《书香英伦》初具《书天堂》的气象，图文互映，是详细介绍英国图书馆的精彩之作。如果刘老师将来能再出访几个国家，图片拍得更精美一些，报道得更有深度一些，完全有希望成为图书馆界的钟芳玲。

希望更多的图书馆员能够读到这本书，从而不出国门，也能直观地看到英国图书馆的方方面面，学习、模仿、借鉴之，加大创新力度，干好本职工作，推动我国的图书馆事业早日赶超发达国家的水平。我想这也是刘老师写这本书的最大愿望。

2015年8月18日于北京大学

（王波，博士，《大学图书馆学报》副主编，著有《阅读疗法》等）

序二

连连惊喜源于认真执着的事业心

刘 岩

得悉小妹要出本著述,自然是极力地鼓励和支持。但当小妹真把书稿连同书中拟用照片一股脑儿地发给我一看,瞬时感受真的是又惊又喜。

小妹幼时体弱,耽误过她不少学习时间。中考目标是县一中或者"小中专"、技工学校均可,不承想三战皆败,便去了离家不远不近的一处"公社中学"读高中。父母姊妹原本心中就唯小妹身体安康无恙是念,就连考上大学的期望都从不对她提起。但小妹秉性要强,三年苦读,矢志不渝,高考不仅上了本科线,而且进了"一本",上了"211"加"985"的双料重点——山东大学,实令全家人惊喜过望!

囿于幼时寡言和体质孱弱,小妹高考志愿也是我毛遂自荐圈定了图书馆学专业,期望图书馆雅致静谧的环境、飘洒四溢的书香,让她避开官场的纷扰杂乱,过个淡泊小资的小康生活。然大学毕业在图书馆工作没几年光景,小妹竟然得领导提拔,从人事处到组织部再到组织人事部,一路擢升,干得风生水起,反倒我这个医生出身的管理学博士却阴差阳错在图书情报领域埋头当起了专家。

大约是两年前的一次家庭聚会,小妹告诉我她又返回图书馆了,相约在专业学术领域内一同前行,笑靥如花般开心。离开图书馆干行政快20年了,何况她是回来当馆长的,馆里几十口人,大小事务几乎都要等她裁定,重拾专业,谈何容易!然而,她却是说到做到,回馆一年略多,工作创新,管理归

秩，科研立项，论文发表，收获访问学者公派出国学习的机会……真是又一次令我惊喜不已。

英国访学半年，异国他乡，刚刚熟悉环境和语言就到回国时间了。原本以为也就是走马观花、宁心怡情、养精蓄锐，以利再战而已，未曾期望业务上有多大收获。访英归来，先是在空间、博客和微信圈里，《图书馆报》上，断续见到小妹记忆英国访学的短文，字里行间流淌着一片旖旎雅丽，左右上下点缀着锦色绣彩般的照片，"萌呆"了网友，圈里朋友那"也是醉了"。后来《情报探索》《大学图书情报学刊》《图书馆学研究》等五篇学术论文接连发表，十几万字图文并茂的书稿完成，这速度，这成果，这频率，真的是喜不胜收，对这个自家小妹，经不住刮目相看了。

从博文，到论文，再到著述，身为兄长，近水楼台，自然有着先睹之便利。但读些许，初时的不经意便荡然无存；再读入神，颇有"香积饱醍醐，法喜得隽永"之意境。小妹用婉转柔和如潺潺流水般的笔触，用图书馆人特有的视角，描绘出了一系列充满异域情调的大不列颠图书馆人工作与生活的画卷。

看这本书，普通读者犹如身在魅力无穷的英伦书苑，循着通幽曲径，流连徜徉在诗情画意之中，闻清脆凤鸣，思柔媚莺语，那一份享受定胜于读一本抒情散文。

看这本书，专业读者恰似面对娓娓道来的异域同仁，图书馆服务模式的多样化，图书馆人服务读者不漏细节的精致，或浓郁，或清新，那一刻感受莫过于拈一词醍醐灌顶。

看这本书，图书馆的管理者更会有一种英雄所见略同的升华，书与架的摆放，色与彩的应用，活动超创意，理念超先进，那一串领受都是一个图书馆馆长才有的仔细观察、精心研磨后的深入参悟。

看这本书，即便你是建筑工，设计师，亦或背包客，乃至史学爱好者……总而言之，就算是一点图书馆学专业基础都没有，也能从每篇每节圆转流畅的描述里，从栩栩如画的照片中，认识工雕朱阁，采撷奇点妙缀，共赏典雅绚丽，钩沉史海轶事，获得各自之所需。而这也正是本书能给所有读者带去的惊喜，是本书最大的价值所在。

以前屡被小妹膜拜，虽亦自谦，话语口吻难免有所谓"专家""教授"之傲气。今捧读小妹新作，大有"侧畔千帆疾过"之感，自叹弗如，真落伍矣——印象中那个柔柔弱弱的小妹已经成长为真正的职业达人了。掩卷遐思，无论工作还是生活中，小妹一直都是惊喜的制造者，如今喜出新著，虽出乎意料，但细想小妹生活、学习、工作中一贯认真、执着的精神，还有她踏石留印、抓铁有痕的事业心，也实属情理之中。

书作付梓之际，再蒙小妹邀约，读后随笔，权作为序。

2015年9月17日于泉城

（刘岩，博士，教授，硕士生导师，山东省医学科学院医学情报研究中心主任）

书香英伦
——英国图书馆之旅

第1辑 大学图书馆篇 / 001

1.1 最美的时候遇到你——伯明翰大学哈丁法律图书馆 / 002

1.2 天堂就是图书馆的模样——伯明翰大学芭伯艺术图书馆 / 009

1.3 慢慢读，慢慢享受窗前的美好——伯明翰大学教育图书馆 / 013

1.4 无处不在的信息服务——伯明翰大学计算机科学图书馆 / 019

1.5 那一道美丽的风景——伯明翰大学主图书馆 / 023

1.6 转型与创新——阿斯顿大学图书馆 / 029

1.7 英国女王剪彩的大学图书馆——莱斯特大学图书馆 / 040

1.8 在古老的红砖大学享受顶级的现代化服务
——谢菲尔德大学图书馆 / 050

1.9 因为一座图书馆，恋上一所学校
——谢菲尔德哈勒姆大学图书馆 / 055

第2辑 公共图书馆篇 / 061

2.1 心中的知识殿堂——大英图书馆 / 062

2.2 魅力四射的欧洲文化中心——伯明翰图书馆 / 071

2.3 越走近，越欣喜——利物浦中央图书馆 / 084

2.4 蜂巢图书馆——伍斯特图书馆 / 090

2.5 考文垂的传说——考文垂图书馆 / 096

2.6 圣诞树和圣诞老人——圣诞期间的英国公共图书馆 / 103

2.7 闹市之中的一方净土——谢菲尔德图书馆 / 113

2.8 《神探夏洛克》的取景地——卡迪夫图书馆 / 118

目录 CONTENTS

  2.9 风景中的风景——卡迪夫城堡图书馆 / 122

  2.10 与神秘古堡为邻的图书馆——卡菲利图书馆 / 127

  2.11 在温莎小镇享受图书馆的温暖——温莎图书馆 / 134

第 3 辑 博物馆、美术馆、名人故居篇 / 143

  3.1 追寻莎士比亚的足迹——莎士比亚故居 / 144

  3.2 在利奇菲尔德遇见塞缪尔·约翰逊博士 / 156

  3.3 在巴斯小城寻访简·奥斯汀故居 / 163

  3.4 《格洛斯特的老裁缝》——比·阿特丽克斯·波特博物馆 / 169

  3.5 在艺术的长河中漫步——威尔士国家美术馆 / 174

  3.6 游览有故事的风景——英国的"国民信托" / 179

第 4 辑 闲趣与思考篇 / 189

  4.1 镜头下,那些读书的身影 / 190

  4.2 湖区之行:体验英国人家的生活 / 194

  4.3 英国社区图书馆见闻与思考 / 204

  4.4 英国大学图书馆考察及启示 / 222

参考文献 / 227

后记 / 231

第 1 辑

大学图书馆篇

书香英伦
——英国图书馆之旅

1.1 最美的时候遇到你
——伯明翰大学哈丁法律图书馆

深秋的伯明翰大学,到处都是醉人的景色。蓝天白云映衬着缤纷的落叶,宛若仙境。与这些美景形成鲜明对比的,是那些有着平实风格的红砖建筑,质朴的材质、简洁的线条、明快的颜色、精美的雕刻,让人流连忘返,迷途其中。

伯明翰大学校园一角

伯明翰大学的红砖主楼及楼前的裸女雕塑

  伯明翰大学坐落在伯明翰市的西南部。作为全英国最著名的学术型图书馆之一，伯明翰大学图书馆也实行主分馆制度，有一个主馆和若干个分馆，大多数学科都有自己专门的图书馆。其中比较有名的是 Barber 美术和音乐图书馆、教育图书馆、Selly Oak 校区图书馆、Barnes 医学图书馆以及哈丁法律图书馆、欧洲资源中心与莎士比亚研究所。在刚刚抵达英国的日子里，我用了一周的时间漫步在这个著名的红砖学校的校园，走访了伯明翰大学图书馆以及其中的五个分馆，并在以后几个月的时间里，无数次作为读者走进图书馆，享受着各种贴心的服务。丰富的馆藏、先进的理念、热情高效的馆员、勤奋开朗的学生，都给我留下了深刻的印象，让我对即将开始的访学时日有了一个美好而又充满遐思的序曲。

校园中心高高耸立着的是这所红砖大学的标志性建筑——钟塔，这座用红砖建成的 100 英尺高的钟塔，是世界上作为独立建筑物而存在的最高的钟塔，它是为纪念伯明翰大学的第一任校长约瑟夫·张伯伦（Joseph Chamberlain）而建的纪念塔，现在已成为伯明翰市的标志性建筑之一。

伯明翰大学标志性建筑——钟塔

　　第一次漫步在这个美丽的校园里，高高的钟塔吸引了我的视线和脚步。听着钟楼悠长、深邃，而又极富韵律的钟声，我轻步迈入旁边有着圆穹形过道的红砖楼内，本意只是穿过，却被左手边门里活泼的装饰画吸引，便推门进入。驻足细看时，却有意外的惊喜，这里，竟然是那个著名的、传说中的哈丁法律图书馆。

　　没想到漫步伯明翰大学，我走入的第一栋建筑便是哈丁法律图书馆，也许这就是作为图书馆人的缘分？

入口处是一个小小的空间，整个墙面是那种浅浅的绿色，看起来令人赏心悦目，靠窗的位置是一个红色的三人沙发，有实木的台阶和扶手通向正对门口的教室。右边就是通向二楼图书馆的楼梯了。楼梯两边，以及楼梯上面的天花板上，挂满了画面活泼、风格清新、色彩明快的装饰画，全部采用图案、图形、字母、报纸等内容组成，令人耳目一新。这是我见过的装修风格最活泼的高校图书馆了。

图书馆走廊一侧小小的休闲空间

活泼的颜色与古朴的实木台阶、扶手相映成趣

通向二楼图书馆的楼梯

风格活泼、独具特色的装饰画

书香英伦
——英国图书馆之旅

润物无声的小小木牌

顺楼梯而上，楼梯拐角处的墙上挂着一个木制的牌子，说明这个图书馆是由查尔斯·哈丁和她的妻子捐建的，这也是这个图书馆名字的来历。国外有许多大学、教学楼、图书馆等都是由个人捐建的，这些人大多数来自校友，也有社会人士，这在西方国家并不少见。这个话题在国内也曾引起多次热议，在有些地方也已经被付诸实践，但是要形成全社会的共识，恐怕还需时日。

二楼正对楼梯的墙上是一个信息栏，各种信息、指南之类的单页，顺序排列其中，不用说这就是哈丁法律图书馆了。

推门进入，是一个圆形的前台或者接待台，也就是我们所说的总服务台，也是他们的工作台。我正在想，不是伯明翰大学的师生，也没有提前联系，会不会被拒之门外。一位值班的馆员见我左顾右盼，热情问我有什么需要。我问能否进去参观一下，得到允许并要求我在一个厚厚的签名簿上签了名，然后把写有参观日期及注意事项的另一联给我，嘱咐我随身携带，有问题可随时叫她。仔细看了便条，上面写着我是第94250位参观者，惊讶于他们工作做得如此细致，竟然保留了每位到访者的名字和日期。

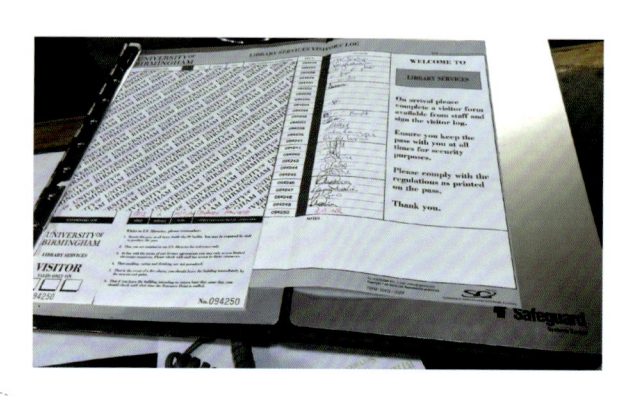

签名簿上显示，我是第94250位参观者

目测藏书大约有六七万册，书架、学习区、复印打印等自助设备区布置有序，可以说空间利用到了极致，正中有一个小小的圆形旋转楼梯通向三楼，可以很方便地上下楼，也让这个安静的学习空间增添了一些活泼的元素。

馆内布局

整个房间安静、整洁，方便分类投入的两个大环保垃圾箱，干干净净地立在小小的楼梯旁边，醒目的位置都贴着各种提示及信息，地上铺着地毯，无论穿什么样的鞋子，都不会发出声音来。学习的学生不太多，各自都安静地做着自己的事情，也有三三两两聚在一起小声讨论交流的，但声音极低，几乎对别人没有什么影响。

窗外，缤纷的叶子不时飘落，在这如画的窗前，写就的可是学子们心中一直流淌的梦想。

在我离开时，刚才接待我的馆员

窗前的风景

夜晚的图书馆亮起了温暖的灯光

Lorna Gangaidzo 热情地在我的本子上留下她的名字、电话和 E-mail 地址，相约在她休班时可以深入交流，并让另一位同事给我们合影。既不是伯明翰大学的师生，也没有预约，我贸然地造访，就得到这样热情、细致的服务，这让刚到异国他乡、充满胆怯和忧虑的我，心中涌起了一股暖流，世界是个大家庭，图书馆员是我们共同的名片。这一刻很为我们从事的工作和事业而感动，而自豪。

  走出大楼，天色已经暗下来，回身望去，那桔黄色的灯光，透过窗子弥漫开来，正是这点点灯光，寒冬里给了无数学子温暖和前行的力量。

1.2 天堂就是图书馆的模样
——伯明翰大学芭伯艺术图书馆

在一个雨后初晴的下午,我漫步在伯大校园,在一个风景优美的小广场旁边,就是著名的芭伯(Barber)艺术馆了。这个艺术馆建立于1932年,是英国收藏欧洲艺术品最好的艺术馆之一,收藏有油画、版画、素描、雕塑、纸上艺术等,藏品从西方梵高、莫奈、罗丹、毕加索等大师的伟大作品到中国商周时期青铜器、清宫廷造办处的翡翠盘龙笔洗等应有尽有。

阳光照耀下的芭伯艺术馆,芭伯艺术图书馆就在这栋建筑的一层

书香英伦
英国图书馆之旅

推门而入,左手边是一个音乐厅,每年大大小小的音乐会在这里不断上演,6月份还会举办每年一度的音乐节,吸引着世界各地热爱音乐的人们前来。右手边是一个卖艺术品的地方,各种明信片、画册、钥匙挂链、包包,还有各种圣诞节的小礼品琳琅满目,明信片每张都很精美,都令人爱不释手。顺着古朴典雅的楼梯上去,就是设计精美的三个展厅了。整个内部空间到处都是雕像、壁画等艺术元素。

就在主楼梯旁边,有一条深深的走廊,远远望去,墙面两边是那些熟悉的放着各种五颜六色宣传单的信息栏,直觉告诉我这应该就是芭伯艺术图书馆了。

走近细瞧,走廊两边的玻璃柜里陈列着一些艺术类的书籍,古朴的历史痕迹跃然其中。

极具艺术特色的走廊,左边开着的那扇门里面就是著名的音乐厅了

长长走廊的深处，这些缤纷的信息栏告知人们这里就是图书馆

展示柜里展出的都是珍贵的艺术类收藏品

  门的两边一边写着开放时间，另一边是一个小小的刷卡装置，用校园卡刷卡，门会自动打开，如果没有带卡或者没有卡，旁边还有一个按钮，按一下，工作人员就可以帮忙打开门。我尝试性地按了一下按钮，门开了，工作人员热情地与我打了声招呼便忙他的去了。

  步入其中，我有一种震撼心灵的感觉。暖色的木制的书架直通到天花板，四周的墙壁没有一点空余，全部是书架以及整齐码放的书籍，就连门的上方也是如此。也是因为艺术图书馆的缘故，这些书绝大多数都是装帧精美的精装

所有的细节设计都是为了方便读者

书的天堂

书香英伦
——英国图书馆之旅

书，更多的是一些画册，它们以其美丽的姿态，执着地向世人展示着知识传承的魅力。有一些无法利用的高处空隙，巧妙地放置了一些雕塑，展现着这个图书馆的艺术特色。一位学生看起来寻书不得，求助于图书馆员后，那个高高个子的帅哥馆员，很轻松地就在书架的最底层帮忙找到了。

书架旁边放着几个漂亮的木制高脚书梯，方便高处取书。我爱极了这书梯，那柔和的颜色直暖到心底，那朴素的质感，让你的心境瞬间变得纯净。我小心地登上书梯，环视着这处知识的殿堂，沉浸其中。我想起了博尔赫斯的著名诗句"我心里一直都在暗暗设想，天堂应该是图书馆的模样"，虽然一听再听，但真的，此时此刻，我相信，只有这句诗能形容眼前的景色，这里真的就是天堂的模样，是我无数次梦中梦到的景象。

走出这座艺术的殿堂，我选了一套梵高的明信片留作纪念，也祝福在这里的学子，艺术殿堂里承载的是他们幸福的求知时光。

最美不过读书时

1.3 慢慢读，慢慢享受窗前的美好
——伯明翰大学教育图书馆

与校园内的大多数红砖建筑不同，教育学院是一栋灰砖建筑，同样显得古朴而平实。

入口处是一个相对宽敞的空间，但是已经被最大限度地利用，依据空间结构放置的，是各种形状、大小多少不一的组合沙发，围绕柱子是一些比较窄小的圆形台面以及同样小小的高脚椅。靠近里面楼梯下面的区域是一个不大的酒

透过古朴的灰砖墙，可以看到窗内的图书馆书架满满

吧，供应可乐、汉堡、面包等快餐食品，这些空间利用率非常高，大家三三两两聚在这里，或解决温饱问题，或交流讨论，或解惑答疑。

各种不同组合的座位，既可用于休息时小坐也可用于师生答疑或者团队学习时研讨

每一处的空间都这样被高效利用，遍布校园每一个角落的免费Wi-Fi也为随处学习的学生提供了便利

小小的咖啡吧，也提供一些汉堡、三明治一类的快餐，可以在此简单解决早餐、午餐

被充分利用的休闲空间，右下角的装置是供残疾人使用的升降机

墙面上是各种各样的信息，资料随手取拿，非常方便。一个方形柱子的四面挂着四张11月、12月的报告海报，有主讲人的照片及介绍，这里的报告、讲座等信息基本上是按季度预告，这些一个月以后要举行的报告，已经在很多手册和宣传单上看到了。

在三级台阶下面的一个走廊上方，我看到了"Welcome to the Education Library"的字样，这应该就是这所图书馆的招牌了。

进门处是前台，与刷卡区相连，也便于读者咨询解决问题。工作台的一侧是一些可以出售的小商品，主要是笔记本、笔、便签、透明胶、明信片等学生们经常用的东西，刷学生卡就可以购买。

一块带有欢迎语的牌子、灭火器、垃圾筒、安全提示标识、平实低调的大门，通向的是知识的宝库

正对门口的长方形天井区域，是四开本书籍的借阅区，需要走三级台阶下去，这是因为教育类图书有一些是大开本的，集中摆放，既利于排架，也利于查找利用。这个用书架隔成的因地制宜的区域，也增加了一些空间的变化和层次感。

柜台上放着各种使用手册、指南、信息预告等大小不一的小册子，小小的意见箱更是连接读者与图书馆的桥梁。我注意到柜台一侧的还书箱已经非常旧了，有修过多次的痕迹，一种亲切感油然而生：它在这里有多少年了？盛放、搬运过多少书籍呢？一个小小的还书箱，凝聚了图书馆员多少热爱和辛勤的汗水！

书香英伦
英国图书馆之旅

图书馆一角，柜台上摆放的是学生们常用的文具，刷卡即可以购买

四开本书籍比较多，单独设立了一个借阅区域

随手可取的各种信息手册

右边是上楼的楼梯，左侧是短期借还区和自助服务区。短期借书区，都是使用频率很高的课程用书，借期是 24 小时，第二天中午 11 点可来馆内归还或续借。如果超期会有很重的罚款：每超时 1 小时 50 便士，这也是为了方便更多的学生使用。

二层的空间更大一些，靠近围栏的地方是一排小小的阅览桌，只能容两人相对而坐，桌面中间是悬空的阅览灯，另一面同样是用书架隔成的七八个学习及讨论空间，书架上的图书都是按分类法的小类摆放。

走廊一侧的小小阅览桌以及置顶的阅览灯，充分考虑了读者的实际需要

用书架隔开的各种相对独立的阅读学习空间

书香英伦
——英国图书馆之旅

再往里是一个儿童读物区，有许多绘本图书，一直对绘本有一种极端的喜爱，读着这些绘本成长起来的幼儿教师，一定是超级有爱的吧？忍不住取了几本，找了个靠窗的地方，坐下来，慢慢读，慢慢享受这个下午的美好。

最好的位置永远属于读者，所有的窗前都是阅览桌，光线好，风景更好，也较少打扰。

在这样的窗前，学习、思考、梦想、发呆，你选哪样呢？

慢慢读，慢慢享受那些伏案窗前的美好时光

1.4 无处不在的信息服务
——伯明翰大学计算机科学图书馆

虽然下着雨，校园安静却又充满着活力。那些古朴的红色砖墙在雨水的冲刷下，显得更加干净、明亮。学生们从各个方向涌入校园，步履匆匆，大多数学生都会背一个背包，包里其实很少有书，主要是这里的学生习惯于走到哪里都背着自己的笔记本电脑，查资料、上网、写论文、做作业都离不开电脑。他们都奔向自己的方向，学习中心、教室、图书馆、实验室……

校园里指示路牌非常贴心，会在每一个路口或建筑物前面出现。整个校园被用颜色分成红、黄、蓝、绿等几个不同区域，这样确实好找多了。今天主要在黄区，见到了强大的学习中心（The Learning Centre），见到了著名的大学火车站（University Station），这也是英国唯一的一个设在大学里的火车站，最后到了今天的目的地——计算机科学学院。

自动门前照例是一个小小的刷卡装置，不过工作日是完全用不到的，随意进入，只有在下午5点后或周末的时间才需刷卡进入。两道玻璃门之间的长方形空间里放着茶机、沙发、座椅以及无数宣传单、手册、易拉宝等，方便同学们小坐或者了解信息。

正对门的右侧是前台，如果你没有什么需要，可以无视它的存在而在楼里自由行走。

楼下是众多的机房、实验室、学习间，靠近围栏的地方是可以吃喝的简餐

计算机科学学院大楼

过道一侧的各种信息单、手册

以及小小的餐桌，两个硕大的可以投币的自动售卖饮料机格外醒目。学生不出楼门在此学习多天都没有任何问题。体积庞大的多功能复印打印机随处可见。学生在任何一个空间、任何一台电脑上都可以使用这些复印打印机。你可以选择离自己最近的打印机，也有些设备是专供教师使用的，会用灰色颜色显示为不可用状态。所有计算机相关专业的学生，每学期可享受600页的免费打印复印资料，当然，如果你能有充分理由说明600页不足以支持你的学习及研究，你可以提出来，老师一般都会给你另外的额度，再超出就要收费了，刷校园卡就可以，非常方便。

一层正对大门的地方就是图书馆了，其实说是一个专业资料室更为恰当。没有门牌，只有门上五颜六色的提示、告知等各种宣传单。有一个老师在工作，在得知我也在大学图书馆工作时，她允许我可以随意看、随意拍照。

整个资料室目测大约有300平方米，被高效地分成现刊区、过刊区、专业书籍区、讨论区、学习区等，所有资料只

图书馆入口处

供本学院的教师和学生在本室阅读，不能外借。书架上的书籍用不同颜色的标签区分，方便学生查找和工作人员上架。学习的人不太多，但是流动性挺大，不断有学生进出。

整个大楼的无线免费上网非常强大，网速极快且覆盖每一个角落。我想，这也是专业使然吧，计算机学院嘛，技术是他们骄傲的资本。事实上，在这个校园的每个建筑、每个区域都可以免费上网，学生可以方便地上网、查资料、做作业以及利用图书馆的各种数字资源。室内还配备了打印机、扫描仪、复印机，甚至有切纸机、打眼机和装订机，上网、查资料、写论文、打印、装订，一切轻松搞定。

信息时代，方便、快捷，无形中成了衡量图书馆服务的标准之一。心中暗暗地反思：面对信息时代的新技术和新要求，我们准备好了吗？差距还有多大？

被细分成不同区域的专业书籍区

学术期刊现刊区

窗前安静、明亮的学习区

在不同的角落里设置的打印复印区域

另一个角落的裁纸、切割、装订区域

1.5 那一道美丽的风景
——伯明翰大学主图书馆

一周的时间,我的足迹几乎走遍了伯明翰大学校园的每个角落,无数次从主图书馆砖红色的大楼门前走过,我一直没有走进去,它在我的心目中像一块神奇的宝地,我无数次想象里面的情景:满满的书架、成排的桌椅、如饥似渴求学的读者,我想把它留在最后,在我遍访了伯明翰大学图书馆的各

美丽的伯明翰大学主图书馆大楼

书香英伦
——英国图书馆之旅

进门门厅的总服务台，右边是刷卡入口处，左边是出口处，方便读者有事咨询

个主要分馆后，再一睹它的芳容，就像小时候，得到一把糖块，总是把最好的一块留到最后，拥有它的这个过程，比最后品尝时的滋味还要甜蜜百倍。

进门处就是圆形的前台，有四名图书馆员在值班，读者有任何问题都可以在这里咨询、求助。在我走近前台的同时，有一个图书馆员已经在热情地问我，需要帮助吗？我说明了情况，出示了证件，并进行了简单登记后，得到了一张临时阅览证，有编号和条形码，一天内有效，可以多次刷卡出入。在以后两个多月的日子里，我无数次出入这座知识的宝库，每次都有值班的馆员热情地接待我，在我说明我没有借阅证但不久前来过这里时，他们就会迅速从电脑里调出我的资料，并为我办好临时阅览证。他们始终如一，热情、认真、细致、高效的服务，总是让我不由得心生敬佩。

伯明翰大学主图书馆是学习资源的集中地，也是英国最大的学术类图书馆之一。馆内有250万册藏书和超过300万册的手稿，充足的计算机设备、免费的无线网络、良好的学习条件和面积充裕的休闲区域、永远笑容满面的图书馆员，让这里成为学子们最愿意也最频繁光顾的地方。伯明翰大学有十几个图书馆，大多数学科都有自己专门的图书馆。除了每个图书馆的参考资料以外，大多数的书籍都是可以出借的。本科生的借书量最多为12本，一次短期借书不超过2本。电子期刊和电子资源可在线获取。

图书馆一共有6层，馆藏丰富，各种图书、期刊、电子音像资料应有尽有。短期借阅的书全部位于图书馆的入口外的左手边，有效期是1天，在第二天的中午之前需要交还，逾期会有很重的罚款，这些书一般都是各科老师所列

浩瀚的书海、便利的网络和良好的学习条件

书库里面设置的半封闭的安静学习小间

的阅读书目，也是借阅频率最高的书籍，借晚了会被其他同学先到先得，需要预约等候。而借期1周（week loan）和长期借阅（long loan）的书籍会按照科目的分类分布在不同的楼层。图书借阅、归还需要同学们凭借学生卡自助进行。如果逾期不还，学校会要求处以一定的逾期罚金。刚入学的同学如果找不到自己想要的书，可以向图书馆员求助，他们永远热情而耐心。学校的电子系统可以在线查阅书籍的编码和位置，每个书库阅览室的入口处也都会有书目查询机供大家使用，能够帮助大家高效地寻找到想要的书。

图书馆里最受欢迎的服务是自助打印机，它们一般分布在电子阅览区和每

层的橘色区域。打印的价格会因纸张大小以及黑白或彩色而略有不同，需要用学生账号来登录打印，费用会自动从账号里扣除。如果发现余额不足，在打印机的附近就有可以进行充值的机器。当然，也可以在打印机上刷自己的学生卡来进行打印。

自助打印复印区域

电子学习区的打印复印机会更忙碌

图书馆给各位同学提供了充足的学习座位。需要注意的是，除了底层（ground floor）和休息处（lounge）区域以外，剩下的全部区域都是安静区（quiet zone）。同学们在其间学习的时候要保持绝对安静，不可打扰到其他同样在埋头奋斗的同学。另外，在底层（ground floor）还有很多的台式电脑可供同学们使用，需要用自己的学生账号和密码登录。如果有小组讨论，则可以预订小组学习室，每人每卡每天最多只能预订2个小时。

劳逸结合是一贯被倡导的，伯明翰大学的图书馆也是一样。如果看书看累了，不妨来到一层的休息处休息一下，补充一下体能，喝杯咖啡或者热巧克力奶茶，缓解一下疲劳的神经，当然，你也可以在这里解决午餐或者会会朋友，在繁忙的考试期间，这里也是同学们学习的宝地，常常一座难求。

在图书馆收集到的意见和建议里面，最多的永远是延长开放时间和多设置学习座位。为了满足同学们的要求，图书馆已经实行24小时开放，学生可以随时享用图书馆的服务。节假日开放时间会略有变动，但会提前贴出公告并在网上公布，可随时上网查询。

休息处：能喝茶、能休息，当然也能学习

常常人气爆棚的休息处

图书馆定期公布收集到的读者意见

24小时开放的图书馆

  网上广泛流传一张照片，是哈佛大学学生凌晨在图书馆学习的场景，其实这样的场景几乎每天都在这里上演，我非常迷恋伯明翰图书馆夜晚的灯光，也很佩服这些彻夜不眠的学生，"优秀从来都只属于勤奋努力的人，你不够好不是因为你愚笨，而是已经走在你前边的人却比你付出得更多，夜晚在灯火通明

夜晚的灯光

新的图书馆正在建设中

的图书馆里学习是一种欢愉，我喜欢这种沉浸其中的感觉"，这是网上一位伯明翰大学学生的感言，多少成功就是在这样的灯光下写就的，也让我明白了这所著名的红砖大学为什么如此受到千万学子的热爱。

在伯明翰大学主图书馆的西侧，一座新的图书馆正在建设之中，一位图书馆的老师转述伯明翰大学校长的话，伯明翰大学要成为一流大学，必须有一流的图书馆。我在为伯明翰大学人点赞的同时，也真心祝愿伯明翰大学图书馆能成为伯明翰大学人心中最美丽的一道风景线。

1.6 转型与创新
——阿斯顿大学图书馆

英国的大学大多都没有围墙，没有明确的校园，阿斯顿大学也一样，整个大学的建筑散落在伯明翰城市中心。在教学楼比较集中的区域，阿斯顿大学的字样高高地镶嵌在每一栋高层建筑上，在阳光的照耀下熠熠发光。

英国的高层建筑很少，远远地就看见这栋红砖建筑侧面的阿斯顿大学字样

书香英伦
——英国图书馆之旅

走过一片宽阔的绿草地,是一方池塘,池塘边,鸭子、鹅、大雁、各种鸟儿悠然自得,和谐相处,一只小松鼠停在一棵大树下,瞪着乌溜溜的小眼珠看着我,这儿的生态果然好到让我惊叹。我还沉浸在这方美景之中,有一位同学

小小的池塘,是小动物和鸟儿的乐园

热情地和我打招呼,然后指点我:"瞧,那个有着长长的照片墙的红色建筑就是了",特点极鲜明,果然极好找。

一群大雁排着队从图书馆门前经过,我和过路的同学都自动停下来,耐心地等着它们通过

改造后的老图书馆基本完好地保留，并和谐地镶嵌其中

阿斯顿大学多年来致力于培养高质量、富有创新精神的应用型人才，是典型的现代技术型大学。为了适应学校培养创新人才的需要，阿斯顿大学于2009年对图书馆进行了较大规模的改造和维修，开启了全面的服务转型与创新。

阿斯顿大学图书馆是在原有建筑的基础上进行部分空间的改造，为了尽可能完好地保留原建筑，他们花费了更多的人力和财力，从中也可以看出英国人对历史、环境以及建筑的保护意识，这一点值得国人好好的学习。

改造后的图书馆，颠覆了此前图书馆只是一个藏书丰富、安静读书的形象，而是致力于打造一个可供读者学习交流、创新思维的场所，读者可以在这里完成各类学习和讨论交流任务。

一层是休闲交流空间，有一个咖啡厅，提供各种冷热饮以及汉堡、三明治、面包等简餐，24小时开放，读者也可以通过自动售卖机自助选择所需要食物。这里随处可见各种不同规格、不同颜色、不同材质、不同组合的休闲沙发、长凳、桌椅等，读者可以在此看书学习、上网、讨论、聊天放松、与朋友相聚等，期末的时候，常常有学生24小时待在图书馆，这里也是图书馆人气

改造后的图书馆成为同学们最喜欢去的学习交流中心

图书馆人气最旺的休闲交流空间

书香英伦
——英国图书馆之旅

最旺的地方，空间利用率极高。

  二层设有电子阅览区，提供近千台台式电脑供大家免费使用；大量的公共学习空间，宽大的阅览桌椅，既可围座讨论，也可上网或阅读。公共空间区域也穿插安置了一些圆形、半圆形、S型的半封闭空间，既丰富了空间的变化，也为临时性的小型学习团队提供了多样化的空间选择。

台式电脑比较集中的电子阅览区

各种类型的学习空间

三层、四层为安静学习区，书架之间设置了许多带有简单隔离的阅览桌，每个阅览桌都有电源插座和阅览灯，既方便实用，互不打扰，又尽可能多地增加了学习位置。因为英国的大学倡导小组式学习、研讨式团队作业，所以，在安静学习区学习的读者相对要少一些，这一点与国内的大学图书馆有很大的不同。

安静学习区的阅览桌椅，插座被贴心地设计在桌面上，读者不用趴到桌子底下去找插座

在一层和二层周边以及空间转换区域，因地制宜设计了20余间小组学习室，适合讨论、演讲、协作学习。这些小组学习室从3~5人间到10~20人间，不同规模都有，读者可用校园卡网上预约，工作人员会将预约的信息显示在小组学习室门口，当天没有预约的小组学习室可自由使用，需要用校园卡刷卡进入。学习室内配有电脑、投影等设施，整个墙壁都是白板制成，可随意擦写，家具各式各样，每个房间各不相同，有的房间甚至每一把椅子都有不同的颜色和样式，据工作人员介绍，这样有利于学生放松心情，创新思维，产生灵感，而读者的评价则是"很可爱、很有趣、很喜欢"。

图书馆还有一个学习发展中心，向学生提供各类有关论文写作、引用查询和综合学术支持。这里也经常会有教授为大一新生举办的数学或英语的补习讲座，已经成为阿斯顿大学的传统，非常受新生欢迎。

书香英伦
英国图书馆之旅

适合不同人数学习的小组学习室

根据不同空间所作的不同设计

学习发展中心

每一层的入口处都会设有总楼层分布示意图、本楼层分布示意图、电子显示屏、灭火器及使用说明等，电子显示屏用来显示欢迎语、开放时间、服务信息等。灭火器两大一小为一组，离开地面挂在墙上，既便于紧急时刻拿取使用，又不易丢失或走路时碰到。每层的服务台总是异常

入口处的各种信息提示，摆放有序的消防器材

服务台

书香英伦
——英国图书馆之旅

的繁忙，图书馆员常常需要走下去指导读者，无论你有任何问题，图书馆员脸上始终挂满微笑，热情地帮助解决，"Can I help you？""Help us to help you"的提示信息会出现在每一个服务台上。

除了资源与信息服务外，图书馆在每层的公共空间设置了大约20台复印打印机，这些机器可以和任何一台电脑相连，如果有需要打印的论文，你可以在你的电脑里，选择最近最方便的一台机器，点击打印就可以，读者自助刷卡使用。

国外学生需要提交的论文及作业量非常大，所以，自助打印复印业务也格外受欢迎

可以自助借还的笔记本电脑

除了传统的图书借阅服务外，阿斯顿大学还有一项借阅拓展业务，受到读者的空前欢迎，那就是面向读者免费出借笔记本电脑，这也是阿斯顿大学为适应教学改革和研究性学习的需要而推出的一项新型业务。由于阿斯顿大学是一所科学应用型大学，更注重学生的创新式、团队协作式学习，许多课堂作业都需要小组成员共同完成。而图书馆的各种学习讨论空间特别适合团队作业，因为笔记本电脑可以方便携带，可以在任何一个学习讨论区使用，而台式电脑区的电脑就不能灵活移动，至少不能方便地组成一个讨论区，所以这项服务一经推出就受到同学们欢迎，对那些没有电脑或没带电脑到图书馆进行小组讨论或学习的人非常方便。电脑装有各种常用软件，也可以随时和互联网连接，使用网上的资源。首批推出可供借用的笔记本电脑一共有48台，读者可以用学生卡自助借用，但是只限于在馆内使用，并用每次使用不超过四个小时，有时全部设备都借出后，有读者就在借阅区边看书边等待，其受欢迎程度可见一斑。

一层的入口处还有一个可供短期借阅的教学参考书。由于阿斯顿大学是一所科学技术型大学，强调知识拓展和技术创新，因而各门功课并没有统一的教科书，每门课程都会有主讲教师提出大量的教学参考书和需要阅读的其他资

短期借阅区

料，这些参考书会集中放置在短期借阅区域，只允许借阅 24 小时，超期罚款，而其他图书的借期则可长达两个月的时间。

阿斯顿大学图书馆目前也已经实现了每周 7 天 24 小时开放，令我稍有惊异的是，图书馆晚间除保安外并没有馆员值班，全部由读者刷卡进入，自助服务。我在想，他们之所以能够实现 24 小时开放，除了图书馆"一切为了方便读者"的服务理念，也有赖于高素质的读者。热情、专业的馆员加上文明、诚信的读者，才能构建成和谐的学习乐园。如何提升馆员素质、读者素质、国民素质，我们图书馆人应该义不容辞地贡献一份力量。

1.7 英国女王剪彩的大学图书馆
——莱斯特大学图书馆

莱斯特市位于英格兰的正中心，据说是十环靶心的位置，是英国的交通要地，从这里到达英国的任何地方都非常便利。莱斯特是英国的第十大城市，也是英国第一座环保城市，城市建筑古老与现代相融合，人文气息深厚。莱斯特大学在全英也是非常有名气的，甚至比莱斯特市的名气还要大，因其环境清新自然，在这里留学的中国学生亲切地称其为"莱村"。

莱斯特大学最引人瞩目的建筑就是莱斯特大学图书馆了，被冠以"五星级图书馆"的称号，它在建成开放的当天，英国女王伊丽莎白二世前去剪彩，这也是英国唯一一个由女王剪彩开幕的大学图书馆。许多同学就因为这座神奇的图书馆而选择来这里留学。

莱斯特大学图书馆名为大卫·威尔逊（David Wilson）图书馆，是莱斯特

第1辑　大学图书馆篇

古色古香的莱斯特火车站

现代感十足的莱斯特大学图书馆，晴天时玻璃上映出的是蓝天白云，夜晚暖暖的灯光映出的是无数学子伏案读书的身影

当地商人大卫·威尔逊捐赠了 200 万英镑，后又投入 3200 万英镑，在原旧图书馆的基础上加以改建扩建的，建成后的新图书馆面积比原来增加了两倍，巨大的天窗让自然光得以投入，墙壁是淡樱桃木的颜色。图书馆里新增了四个中庭，由数字和字母组成的巨大雕塑由屋顶上悬吊而下，各种现代高科技设施也相当完备。

值得人们铭记的捐赠者——大卫·威尔逊

通透、明亮、舒适感十足的图书馆内部布局

这个图书馆还拥有最炫目的"五星级"厕所——黄色的流线型洗手水槽、自动感应出水水龙头、大马力的烘手机,莱大的学生甚至在学生会的社交网站facebook 上,建立了"莱斯特大学图书馆厕所鉴赏团",互相赞赏和抒发"厕所之美"。图书馆馆长路易斯·琼斯回应说很高兴图书馆的厕所赢得学生们的赞赏,但她同时希望学生们也能够欣赏新图书馆的其他设施,尤其是那些黑色真皮沙发和阅读椅,还有装备先进的电脑区和小组研讨室。

事实上,图书馆不仅有豪华大气的外表,服务同样优秀。图书馆有超过200万册的藏书和5000余种期刊杂志,并可同时容纳2500多名同学在馆内学

五星级厕所——因为厕所内一直有人进进出出,只能拍到这么一个角落

书香英伦
——英国图书馆之旅

丰富的馆藏资源

右边是密集书架，左边是安静学习空间。每个阅览桌中间设有隔板，避免互相打扰，桌面上设有电源插座，方便使用笔记本电脑

习，查阅资料，除了书籍和期刊之外，图书馆还藏有大量的缩微胶卷、学位论文和其他专门资料。

  图书馆内设有自助借还书机，操作非常简单，只需将要借还的书往机器上一放，扫描一下就可以了，每次借还都可以打印一个凭条，告诉你所借图书应该在哪个日期归还，或者所还图书是哪日归还的。同时这条信息还可以第一时间发送到你的手机上，方便查阅。

  图书馆以学生的需求为中心，除了设有咖啡厅、书店外，还设有学生培训

第1辑 大学图书馆篇

操作方便的自助借书机，需要同时扫描一下借书证

自助还书机更方便，直接把书放到这里扫描一下就可以了，如果你连这都懒得做，那么可以将书直接投到最右边这个洞洞里，工作人员可以帮你还上

045

中心和学生发展中心，针对学生的需要和关心的问题，定期举办讲座。馆内设有专门的帮助专区，图书馆员会随时协助学生查找自己所需要的书籍，并为他们解决电脑问题。莱斯特大学图书馆的馆员们也是顶级的优秀团队，2002年获得泰晤士报高等教育评鉴中最佳图书馆团队的荣誉。

学生发展中心正在授课，有老师在做义务辅导

如果你有任何困难，请来"help desk"，专业的图书馆员随时为你提供各种帮助

参观完莱斯特大学图书馆,我又去了旁边的社会科学学院的教学楼,这是莱斯特大学最高的一栋建筑,这栋建筑里面有一具如同输送箱般的无门电梯贯穿于18层楼中,它总是一上一下循环往复、不停歇地运行,你必须做好准备,在正合适的时间上或者下,上的时候要抓住里面的那个扶手,下的时候要抓住外面扶手。据说全英国这样的电梯只有8部,每年刚入校的新生都会因为新奇而来这里乘坐这个电梯。

　　带着这种新鲜喜悦的心情,走出莱斯特大学,眼前是一望无际的绿草坪,祝福这个生机盎然的学校,祝福在这里求学的每一位学子!

新奇好玩的开门厢式电梯

辽阔、清新、生态和谐的大草坪也是某大人的骄傲

049

1.8 在古老的红砖大学享受顶级的现代化服务
——谢菲尔德大学图书馆

谢菲尔德大学，人们习惯上称其为"谢大"，是世界百强学校，英国顶尖学府，全英国最著名的6所"红砖大学"之一，以其卓越的教学质量和科研水平而享誉全球。2011年《泰晤士高等教育》全英大学学生满意度调查显示，谢菲尔德大学拥有全英最好的图书馆，与牛津大学并列第一名。

我到达谢菲尔德的那天，天上下着鹅毛大雪，依山而建的高高低低的红砖教学楼，在白雪的映衬下，显得分外妖娆。

谢菲尔德大学图书馆藏书种类丰富，数量多达150多万册，另外还有大量的CD-ROM、录像带、录音带、幻灯片等多媒体资料。谢菲尔德大学图书馆由分布在校园各处规模不等的10个图书馆组成。其中威斯顿畔（Western Bank）、信息共享空间（Information Commons）、圣乔治（St. George）是谢大的三大核心图书馆，也是谢大学术文化的重要组成部分。

威斯顿畔图书馆建于1955年，它旁边就是十七层的、高大的、现代感十足的全玻璃幕墙建筑Arts Tower，相形之下，这个只有三层的普通建筑，实在是有些不起眼，但是这里弥漫着厚重的书香氛围，空间庄重而宁静，是谢大人最喜欢的、文艺气息最浓郁的地方。地下一层，是一个迷宫一样的藏书库，全部采用密集书架，因各个图书馆的面积有限，所有旧的书籍资料都集中存放在这里，还有一个专门区域存放1850年以前出版的书籍、报刊等资料。一层是帮助台以及休闲区域，二层、三层是主层，为了适应同学们借阅一体的需要，后来在改造时撤走了一些高大的书架，将每一层挑成两个夹层空间，

第1辑　大学图书馆篇

雪后初晴，蓝天映衬下漂亮的红砖古建筑

三层小楼威斯顿畔图书馆，旁边就是17层高的 The Art Tower

我常常弄不清自己究竟是在几楼。"谢大"人说，因为图书馆西高东低的地势，西边是一层，东边就是二层，连他们也常常表达不清。不过，改造后的图书馆还是非常受同学们欢迎的，特别是二层大落地窗旁边的学习区域，是同学们最喜欢去的地方，窗外就是威斯顿公园，池塘、树木、柳枝、花朵、戏水的天鹅、暖暖的斜阳，加上一本书、一杯茶，在这里你可以度过最安宁最平淡

高大的落地窗外就是美丽的威斯顿公园

的时光,也会留下最奢侈、最美好的回忆。也因此,网上流传一种说法,说是威斯顿可以满足你来英国之前对欧洲大学图书馆的所有幻想,这也是对威斯顿图书馆的一种极高的评价吧。

"谢大"图书馆的好,当然不仅有风景,还有全英国大学最好的服务,曾获评英国大学最满意的图书馆之一。这里的图书馆员永远面带微笑,永远和蔼贴心,永远专业高效。给我印象极深刻的一件事是,他们把当前许多图书馆都在做的一项服务——预约借阅,做到了极致。"谢大"的书目在网上都可以查到,读者只需登录图书馆的网站,在网上点击自己需要的书籍,然后选择取书的地点和日期,比如,不管这本书在哪个图书馆,你可以选择离你最近的一个图书馆去取书,这样,可以避免你各个图书馆来回跑,也可以避免在浩如烟海的书库中寻书的麻烦。每次接到预约单,图书馆员要把这些图书从书架上

找到，将预约的信息填好夹在书中，然后送往各个预约地点。如果在规定的时间内读者没有来取书，馆员们还要把这些书再送回原馆，插回到书架原来的位置。仅这一项工作给图书馆员带来的工作量是成倍地增加，但是他们说，这样确实方便了学生，所以，一定要坚持做下去，做好它。

随着信息时代的来临和数字技术的发展，电子期刊、电子数据成了教学科研的主要阵地之一，威斯顿畔图书馆已经不能满足学生多样化的需求，于是就有了信息共享空间，这个六层的建筑自由、灵活，众多的开放型学习空间、研讨空间，流线型的桌椅，舒适的沙发，轻松的氛围，使这里成为校园中最受学生欢迎的学习、活动和交流场所。

在我离开"谢大"的时候，威斯顿畔图书馆的 Sue Creswell 馆长指着一栋漂亮的建筑告诉我，这个叫"Diamond"的建筑就是一个新的图书馆，几个月

强大的网络、流线型的桌椅营造出一种轻松的学习氛围

舒适、自由的学习空间，吸引了无数的学霸前来

与谢菲尔德大学图书馆馆长 Martin Lewis 在一起

后就会投入使用，它会有更好的设施，更先进的理念，更人性化的服务，建成后会替代圣乔治图书馆。而今天，在我写下这段文字的时候，网上一篇"和圣乔治图书馆说再见"的文章，又让我格外怀念起在"谢大"的日子，也用文章中的一句话结尾吧：再见不只是告别过去，更是拥抱未来。

1.9 因为一座图书馆，恋上一所学校
——谢菲尔德哈勒姆大学图书馆

谢菲尔德是著名的山城，几乎整个城市的一半都掩映在匹克峰国家公园之中，山川、河流、溪谷纵横交错，风景如诗如画。谢菲尔德也是著名的大学城，谢菲尔德大学和谢菲尔德哈勒姆大学都坐落在这里。

谢菲尔德哈勒姆大学的中央校园区就在离火车站不远的山坡上，因为没有校门，也没有封闭的围墙，所以谢菲尔德哈勒姆大学的字样就镶嵌在高高的建筑物的墙壁上，非常醒目。

中心校区的每一栋建筑上面都标有谢菲尔德哈勒姆大学的字样

被几栋大楼包裹起来的 Adsetts 学习中心

谢菲尔德哈勒姆大学图书馆的名字叫做 Adsetts 学习中心，但是大家还是习惯地称其为图书馆，整个建筑风格明快，现代感极强。因为周围几栋建筑都比较高，将图书馆的大门围在了里面，我反反复复几趟都没有找到，后来问路问到了一位中国留学生吴晓，她不仅将我直接带了过去，还陪我上上下下全都参观了一遍，让我这次雪后的谢菲尔德之行有了暖暖的回忆。

整个大楼有六层，空间通透、敞亮，全部铺有地毯，不同的功能区用不同颜色的地毯区分开来。图书馆每天 24 小时开放，这里设施先进，资料丰富，非常受学生的欢迎。

除了充足的纸质藏书和方便的互联网资源外，这里还有大量的影像资料，六层专门有一个影像研究室，怀旧的电影海报、先进的放映设备，令人印象深刻。

第1辑 大学图书馆篇

颜色各异的地毯将不同的功能区区分开来

安静阅读区入口处醒目又有趣的提示

看到书脊上面的绿色标签了吗？不同区域用不同的颜色区分，非常贴心

影像资料的丰富程度还是让我有些吃惊

影像研究室的设备非常先进,墙上挂着怀旧风格的电影海报装饰画

与学习中心紧密相连的是 Atrium 综合大楼，几乎可以算作是图书馆功能的延伸，这里拥有书店、咖啡厅、各种规模的会议中心、教室、研究室等。

吴晓送我走出图书馆的时候，不无骄傲地说图书馆确实很棒，不仅是环境好，而且服务也是一流，你有任何问题求助，都会得到图书馆老师的回应。在校的 3 年，除了吃饭睡觉，其他时间几乎都在这个图书馆里度过的。虽然她现

Adsetts 学习中心和 Atrium 综合大楼之间有一个长廊相连，一层是咖啡吧和简餐厅

不同规模的会议室、教室、研讨空间互为补充、相得益彰

这样的教室更适合探究性学习

小型的研究室简单、实用，配备齐全

在已经硕士毕业了，但是因为要申请博士，仍然住在谢菲尔德哈勒姆大学，仍然在享受着图书馆提供的各项贴心的服务。另外，她的表弟几个月后，也要到这里来读硕士，我问是否是受她在这里求学的影响才选择的，她说，是啊，喜欢这所图书馆，所以也喜欢这所大学。

因为一所图书馆，爱上了一个学校。还有什么能比这更让图书馆员们欣慰的呢？

第 2 辑

公共图书馆篇

2.1 心中的知识殿堂
——大英图书馆

伦敦,对于我来说,如果只能去一个地方参观,那就是大英图书馆了。

第一次去伦敦,从尤斯顿(Euston)火车站西行不远,出现在眼前的,是一大片砖红色的建筑,一个竖长条形的黄色牌子上,镶有"BRITISH LIBRARY"的字样,牌子上一个金色长发的小姑娘,在和一只趴在字母上的小花猫对话。大英图书馆,我多少次在心中描绘过它的模样,憧憬过它的宏大、威严和辉煌,却没想到,初次的遇见,就被这温情、可爱的画面温柔地击中。

当我慢慢的走近,站在大英图书馆的门前,心中仍然难掩一种反复思念

多少次憧憬过的大英图书馆

然后最终实现的满足和惊喜。红砖灰瓦的建筑，低低的围墙，窄窄的铁门镂空写着"BRITISH LIBRARY"的馆名，院子里来来往往或从容，或匆匆的人们，都会让你油然而生一种亲切、平等、踏实的感觉。

透过这别具一格的镂空铁门，正对面是一座牛顿的巨大雕像，雕像描绘的是牛顿弯腰弓背地坐在一个大木箱上，手持圆规正俯身专心做着测绘之类的工作，起初怎么看他的姿势怎么别扭，可是等我从图书馆出来后，再看这位科学巨人时，却觉得他这个姿态非常地迷人，工作着、劳动着，是最美的。后来我每当想起大英图书馆时，眼前总是先浮现出牛顿的这幅雕像。

走进读者入口大厅，立刻觉得眼花缭乱，眼睛不够用。这里好像是一个集散广场，从这里可以通向问询处、

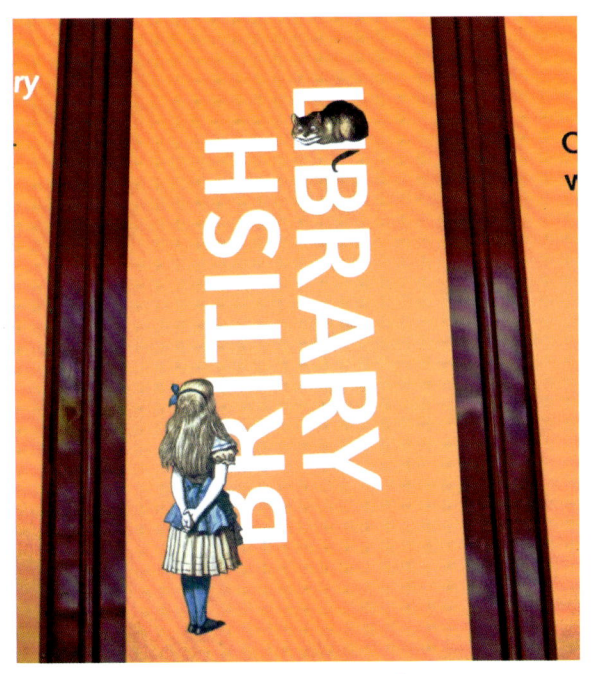

温馨可爱、饶有情趣的大英图书馆的牌子

别具一格的带有黑色镂空字母装饰的大门

牛顿雕像

　　书店、展览厅、阅览室以及楼上、楼下各处,大厅的右侧有一个铜制的长型沙发,就像一本翻开的大书,有趣的是书上有一个大铁球用铁链锁在上面,是"知识的锁链",还是警告读者"不能偷书"?不得而知。不过,这个大长椅总没有空闲的时候,有时有几个人在上面休息,有时虽然只有一个人但是坐在上面专心地阅读,这使我想坐在长椅上留影的心愿一直没能实现。

　　大厅的中央有一座茶色的六层玻璃高塔,足有 17 米高,这就是著名的"国王图书馆",是由乔治四世捐赠的乔治三世收藏的图书,有 6 万册之多,所有的书籍书脊朝外,透过茶色玻璃,从大厅的任.何方向都可以欣赏到古色古香、华美壮观的国王图书馆。而这高高的玻璃塔下,总是坐满了潜心忙碌的读者,他们或写论文,或读书看报,或轻声交谈,这样的景象常常让人有一种穿越时空的感觉,分不清这是在过去还是在当下。

大厅的最西南角是一个书店。书店也是我的最爱，常常逛到体力透支才肯罢休。而大英图书馆的书店除了书以外，还有许多让人爱不释手的新奇玩意儿。不同时期的招贴画、挂画挤满墙面，书架上是狄更斯和莎士比亚的半身石膏像，各种图案的文化衫和手提袋，不同材质的名信片、书签、钥匙链，个个精致有趣，我在里面流连忘返，有一种每一个都想买下来的冲动，最后挑选了

书形长椅

高高的玻璃塔下忙着读书充电的读者

一套小天使图案的具有梦幻色彩的漂亮书签。

同样和书店一起位于大厅西侧的，还有展览厅。给我印象最深的是"Sir John Ritblat"画廊，这里一周7天开放，免费参观，里面有许多令人大开眼界

各种精致有趣的纪念品

满墙的招贴画，哪一件都令人爱不释手

的宝贝。比如在这里能看到纸草书和羊皮书，旁边加了电子版的、能自动翻页的屏幕演示，也能看到莫扎特和贝多芬的乐谱，还有一些老地图，甚至一些简·奥斯汀等名人的手稿、笔记等。可惜这里不允许拍照。如今已是信息化的时代，历史的痕迹令人赞叹不已，不知多年以后，身处电脑时代的我们，能给历史留下些什么有意思的东西。

展厅外面，是一面长长的特藏展示墙，竖立的抽屉式的可以拉出的展板，全部是关于第一次世界大战的集邮品的收藏讲解，参观者可随意将邮票从展示栏抽出细细观赏。第一次见这样的设计，感觉非常有趣，有几个小朋友在父母的陪伴下观赏这些藏品。

免费开放的展览厅，左侧墙上是莎士比亚等名人的雕像

每一层的公共区域，都会根据空间的布局，摆放阅览座位或者休闲椅，几乎座无虚席。有些读者也会拿一本书，或者膝上放着笔记本电脑，在一些角落里席地而坐，沉浸在知识的海洋中，看到他们专注的样子，即使是游客，也会不由自主的将脚步轻下来，唯恐打扰了他们。

相对于一二层的繁忙，三层以上的阅览空间显得安宁而沉静，这里需要读者办证刷卡进入，为不同需要的读者提供不同的服务。这不仅能更好地保障读者的

特藏展示墙

竖立的、抽屉式、隐藏式展板

每一处空间都坐着求知若渴的读者

权益，提供优质高效的服务，也是英国人的办事原则和办事风格。

因为大英图书馆的馆藏太多，又需要给读者提供更多的阅读空间，所以多达600多万册的馆藏图书都收藏在深达24米的地下书库，为了解决读者取书的问题，阅览室里有水平滚筒传送带和竖式升降台，读者只需在桌前的电脑上进行简单的操作，系统就会在半小时内，自动将需要的资料送达读者所在的阅览室，非常方便快捷。可惜因为没有读者证，也没有事前联系预约，这次大英图书馆之行并没有体验到这一奇妙的服务。

在后来的日子里，我又来过伦敦两次，虽然每次时间都非常有限，但每次我都把大英图书馆作为我行程的开端，每次我都愿意将大把的时间花在这里，

需要刷卡入内的安静阅览空间

我享受着这知识的殿堂带给我的每一分每一秒的快乐。我庆幸自己选择了这样一份职业，让我对知识以及与知识有关的一切充满敬畏和仰慕。

愿爱和书香永远陪伴我行走的脚步，给我期待和惊喜，传递温暖和力量。

2.2 魅力四射的欧洲文化中心
——伯明翰图书馆

伯明翰位于英格兰中部，是仅次于伦敦的英国第二大城市。伯明翰图书馆（Library of Birmingham）是伯明翰近几年投巨资建造的公共图书馆。因为对这个号称欧洲最大规模的公共图书馆早已仰慕已久，到英国的第一个周末，我就迫不及待地来到这里。

出火车站北行，依据路标的指引，步行只需几分钟的时间，就来到市中心的世纪广场，伯明翰图书馆赫然出现在眼前，同样名声在外的伯明翰REP剧院和交响音乐厅与它并肩而站，共同组成了一道亮丽的城市文化风景线。我赞赏一切将图书馆及其他文化机构建于市中心的做法，方便利用是一切服务机构的起点。

作为伯明翰市政府"20年大城市规划"的重要市政建设项目，伯明翰图书馆总建筑面积约3.1万平方米，楼高10层约60米。总成本约1.888亿英镑。

我移步广场中心，仔细打量这个庞然大物。这个三层蛋糕式的建筑，以其独特、新颖的建筑风格，给人眼前一亮的感觉。

建筑本身是由透明玻璃组成，外观裹着精致的金银丝组成的金属圆环，三组立方体的简洁大气与弧线的柔美完美地结合在一起，让这座代表着伯明翰城市形象的公共建筑，于现代中增添了可爱的元素。

外观新颖、方圆相兼的伯明翰图书馆

据说，这座图书馆的设计灵感来自这个曾是工业城市的传统工艺，材料、色彩的选择都富含着对这座城市历史的尊重与怀念。金、银，代表着伯明翰曾经繁荣的煤矿工业和珠宝加工业；那些繁密的环形纹饰，以及错落有序的排列，不仅寓意着城市的运河、隧道，而且还肩负着功能性的使命，它们可以让内部空间获取足够的自然光的同时，阻止过多的阳光进入室内。

图书馆的门前是一个凹形的圆型露天剧场，这个别致新颖的设计，让许多来这里的读者停住脚步，欣赏演出。当这里有音乐传出的时候，无论是地上还是地下行走的人们都可以沉浸在动人的音乐中。我第一次来这里的时候，剧场正中是两张乒乓球桌，也许刚刚举行完一场读者友谊赛吧。刚刚远离祖国，来到异国他乡，看着被誉为国球的装备放置在这里，备感亲切，有忍不住想上去

透过室内玻璃看露天剧场以及地面上的风景

挥两拍的冲动。

　　走进图书馆，就像步入一个发现之旅。正对门口的是一个圆形大厅，整个建筑都围绕着这个圆形大厅展开，服务台、自动扶梯都集中在这里。大厅的周围比较开阔，可以用作新书发布、小型乐队演奏，以及举办其他的读者活动。我第一次来这里的时候，一层入口处自动扶梯的旁边正在举办一个"美好生活摄影展"，第二次来这里的时候，有一个小型乐队正在演奏。

　　进门后沿高柱大厅北去，是青少年阅览区，沿自动扶梯下去半层，是韦斯顿阅览区，长长的书墙式的设计，让人印象深刻，黑色的三角型沙发与大红色的新潮懒人椅相映成趣，人们各取所需，沉浸在知识的海洋中。

　　儿童图书馆在地下一层，蓝色的天幕、亮黄色的墙壁、低矮的书架和各种装饰，使这里充满童趣。然而这里最引人注目的是故事空间的长长台阶，每周

书香英伦
——英国图书馆之旅

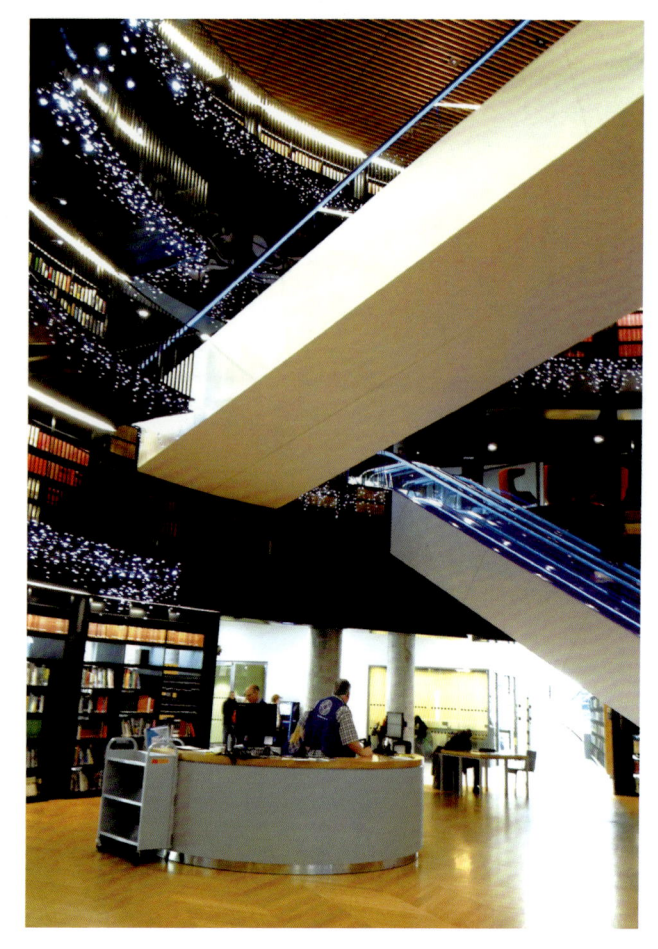

沿着圆形大厅展开的布局，有限的空间被充分利用，自动扶梯周围是服务台以及读者查询机、玻璃展柜等

由下往上看，环环相扣的内部空间布局

入口处正在演奏的小型乐队

高柱下经常变换主题的小型展览，这次是美好生活摄影展

层次错落的高柱阅览区

色彩绚丽、童趣十足的儿童图书馆

都会有固定的讲故事时间，也会定期举办与阅读有关的活动，最得小朋友和家长的喜爱。儿童图书馆另一个重要的区域就是低幼阅读区，这里比较适合4岁以下的小朋友，以图画书、有声读物为主，有许多拼图、毛绒玩具，每周四同样有讲故事时间，孩子们通过这些活动，逐渐养成爱阅读的习惯、规则意识、合作精神以及专注做事情的能力。

沿着儿童图书馆再往里走，就是音乐馆藏区，围绕着圆形露天剧场排列，这里可以很方便地观看露天表演，也可以欣赏地面上的景色。海量的音像制品依次排列，CD免费借阅，而VCD则需要付费。英国是一个对版权保护特别严格的国家，图书和音像制品都比较贵，人们喜欢到图书馆去借阅。刚到英国时，我曾惊讶于图书馆所藏的海量的音像制品。

位于图书馆顶层的圆形大厅是莎士比亚纪念中心，需要乘坐升降梯到达。这里拥有全英第一、全球第二的莎士比亚著作，有4.3万本各时期出版的莎

第2辑 公共图书馆篇

孩子和家长是图书馆的常客

长长的环形音像制品区

士比亚著作。这个高8.5米，宽17米（直径）的玫瑰色圆形大厅，以其奢华、宏伟的风格，表达着对这位文化巨匠的敬意，也表达着对另一个时代的辉煌注释。

二层及以上是主阅览区，4万多册的新书，按照不同的区域排列，高低不同的阅览桌椅，根据空间的布局不同而设置不同，有的在书架间，方便拿取图书；有的靠近落地玻璃幕墙，方便上网，也更安静，学习累了，还可以欣赏外面的风景。令人难以置信的是，这儿的每一张桌子都有人，每一台电脑都在使用，图书馆是名符其实的学习中心。整个伯明翰地区所有的公共图书馆都通借通还，我在Selly Oak图书馆办的借阅证，在这儿轻松借到了一本英文儿童小说，可以就近还到任何你方便的图书馆。

四层靠北面的一部分是半封闭的安静阅览小间，任何人都可以使用阅览

圆形大厅的四周是古色古香的书墙，外围则是大片的书架，以及根据空间摆放的阅览桌椅

环顾整个图书馆,几乎每个座位都有人,每台电脑都在使用,这真让人难以置信

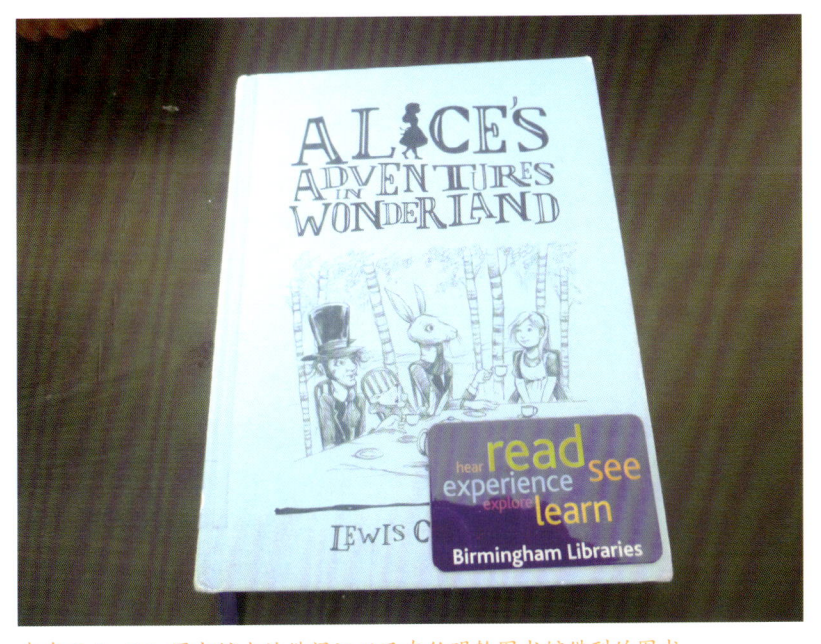

我在 Selly Oak 图书馆办的借阅证以及在伯明翰图书馆借到的图书

证在网上预约。环绕玻璃幕墙的是不同大小的会议室,这里的利用率也相当高,各类学术活动、报告会以及市民各种主题的聚会都可以预约使用,室外是美丽的风景,室内是动人光影,人们在这里相聚,共同演绎一曲时光赞歌。

伯明翰图书馆对弱势群体也是关怀备致,大门外没有我们在国内经常见到

四层的安静阅读小间,每个读者都可以申请

四层靠窗的小型会议室,始终与风景相伴

老人车、残疾人车以及婴儿车畅通无阻，无须任何人的帮助就能畅行在图书馆的各个角落

很容易就找到了位于三层圆形大厅一侧、黑色书架上的有关中国历史的书籍

的高高的台阶，残疾人车、老人车以及婴儿车可以很方便的出入，坡道式的扶梯也为他们行走在各个楼层间提供了方便。

伯明翰是一座汇集了不同文化背景的多元化城市。如何为多语言、多民族、多文化背景的读者群体提供同质服务，也成为这座超级图书馆所关注的焦点之一，"为所有人服务"是他们的服务宗旨。

与英国众多公共图书馆一样，伯明翰图书馆为公众提供各式各样的特色服

琳琅满目的信息墙，各类信息小册子按需取放

务项目，如电话号码服务、居民名册服务、当地事件记录、旅游信息服务、当地政府的工作和政策法规文件服务、剧团和合唱队的布景服务、专利资料保藏服务、地图服务等。在一层的信息栏你可以方便地取到当地的所有旅游景点的小册子，以及整个伯明翰地区的展览、音乐会、报告等信息，这里就如同一个社区信息集散中心，能够感受到整个社区脉搏的跳动。

伯明翰图书馆是英国公共图书馆的一个缩影，它早已经不是传统意义上的图书馆，而更像是一个集学习、信息和文化于一体的居民文化娱乐中心，读者不仅可以借阅书籍，还可以看电影、听音乐、参加很多为读者设立的节目和课程，而这一切全部免费，不设任何门槛。它同时也是城市的社交中心，将各年龄、文化和背景阶层的人联系起来，它甚至是一个旅游中心，来自世界各地的游人，将这里视为一个不可或缺的参观景点，来这里体会这座知识宝库带给人们的震撼。

在伯明翰图书馆体验自助式服务

2.3 越走近，越欣喜
——利物浦中央图书馆

英国是世界上最早建立公共图书馆服务系统的国家，也是世界上公共图书馆利用率最高的国家之一。最近几年，因为财政问题，政府压缩经费和削减关闭图书馆的消息，与民众保卫图书馆的抗议行为，此起彼伏。2014年10月，利物浦政府关于关闭19个公共图书馆的提议，和英国作家与民众对挽救这些图书馆所作的抗议，又将此类事件推向了风口浪尖，还好，最终的结果是这些图书馆可以继续保持开放，这也从一个侧面说明英国人对图书馆的热爱，图书馆已经是他们生活的一部分。

也因为这件事，特别想去利物浦中央图书馆看一看。于是，一张火车票，一个背包，就踏上了一个人的旅行。

火车站的对面就是威廉布朗街，这个区域被称为城市的文化区。一走出火车站，标志性的惠灵顿圆柱就在眼前，而著名的沃克艺术画廊、利物浦中央图书馆、利物浦世界博物馆比肩站在它的一侧，不出5分钟的时间就能走到，这真让我有点喜出望外，其他任何景点对我都失去了吸引力，一天的时间就这样泡在了这三个知识和艺术的殿堂里。

第一站，当然选择图书馆。这里与我来之前的想象大相径庭，用"一派繁荣，生机盎然"来形容一点也不为过。

这座建筑已经有150年的历史，2013年刚刚完成重修并开放。而在建筑外面的一处矮墙下，就有自动还书箱，如果你只是还书，不用进图书馆，顺道就能搞定。进门处的设计非常独特，长长的地面上刻满了文字，直通到馆内，

高高的惠灵顿圆柱的对面，三栋蜜石色建筑就是图书馆、艺术馆和博物馆

就在我好奇地端详这些文字时，图书馆的自动门开开合合，不断有读者进进出出，我注意到有一位女性读者提了一个大大的包来还书，足有二三十本。进门处的前台有两位图书馆员，不停地回答读者的各种问题，当我询问没有借阅证能否进去参观和看书时，那位高大的男馆员，用夸张的语言、表情加手势给予了肯定。

这里虽然没有伯明翰图书馆那么奢华和现代，但是其规模、服务、布局、收藏以及浓浓的学习氛围，让人印象深刻，相比之下，我倒更喜欢这里的厚重、严谨与朴实。来此学习的人非常多，但是忙碌而安静，当然，也有如我这样的参观者。右手边是儿童阅览区，空间宽敞、风格活泼，可能是正值下午时光，小朋友们都在学校，这儿显得空旷一些，环形的书架下面，一个父亲正在读着一本书，一只手搭在婴儿车上轻轻晃动，他的小宝贝正在酣然入睡，这个场面深深地打动了我，人间幸福的画面莫过于此。

皮克顿阅览室和霍恩比图书馆也都向所有人开放，除了惊艳，真的没有词

24小时自助还书机就设在路边的矮墙上

通向知识的大门——设计独特的门前通道

第2辑 公共图书馆篇

正午时光，几乎没有小读者，一位父亲在读书，他的小宝贝在婴儿车里酣然入睡

书香英伦
——英国图书馆之旅

语可以形容初见时的感觉,我找了一个座位坐下来,不知是该闭目屏息沉浸其中,还是该贪婪地将这一切尽收眼底。最后,我还是顺着小小的雕花旋转楼梯拾级而上,缓缓地绕着阅览室二层的书架,接受千百年来这些来自历史深处延续而来的知识财富的洗礼。

这座有着百年历史的图书馆,散发着迷人的魅力

沿着美丽的雕花楼梯,穿行在知识的殿堂里

光影交错，古今变幻，这里是不落幕的知识盛宴

每层靠窗的位置，都是读者学习看书的地方，不仅风景优美，光线明亮，而且也非常安静，免受打扰。中间环形的周边设计的都是计算机区域或者是临时阅读区，当然如果你需要小组学习或者更安静的区域，也有一些半封闭或封闭的学习间，网上预订就可以了。在书架之间的一些空闲区域则有许多展柜，展览一些活动的成果和一些收藏的有纪念意义的书籍。自动扶梯不停地运转着，承载的是读者匆匆的脚步和求知的渴望，也展示着这座图书馆高质量、高效率的服务。

沃克艺术画廊和利物浦世界博物馆，同样让我流连其中，不舍离去，在这两个地方参观时，有很多幼儿园的小朋友和小学生在老师的带领下，来这儿参观、上课，早就听说国外的小孩子都是在博物馆或艺术馆泡大的，果然如此。在离开沃克画廊结束我一天的行程的时候，我买了一本名叫 *The Reading Woman* 的台历，12幅以"阅读"为主题的世界名画，让人爱不释手，极喜欢这些阅读的姿态，买下来沾一沾利物浦的文化和艺术气息，也以此纪念这一日难忘的书香之旅。

2.4 蜂巢图书馆
——伍斯特图书馆

伍斯特市位于英格兰的中部，号称"英格兰的心脏"，毗邻牛津和莎士比亚故乡。距离英国第二大城市伯明翰为 45 分钟车程。

伍斯特很好地把现代气息与悠久历史结合在了一起，被称为"最适合生活的城市"，拥有千年历史的大教堂和 500 多年历史的市政厅。在英国 20 英镑的背面，是伍斯特市的标志——伍斯特大教堂，以及在伍斯特出生的音乐

伍斯特市的标志性建筑：古老的伍斯特大教堂

美丽的塞汶河畔，是市民们休闲的场所

家 Elgar 的头像。全英国的城市中，只有伍斯特市拥有和英女王的头像一起出现在货币上的荣誉！伍斯特人以此为骄傲。

塞文河缓缓流淌，穿城而过，带来了美丽的两岸风光，天鹅在河畔聚集戏水，形成天然美景，也是市民休闲的城市花园。

伍斯特市图书馆取名蜂巢图书馆，不仅是因为它的金黄色的颜色以及它的看起来像一个大大蜂巢的外观，而且它的设计寓意深刻：它以蜜蜂的勤劳和合作精神比喻图书馆的功能，启发人们增强社区意识，认真读书学习，让生活变得幸福甜蜜，丰富多彩。这个独具匠心的设计已经成为伍斯特市的新地标。

伍斯特图书馆同时也是伍斯特大学图书馆，它是欧洲第一座联合大学的公共图书馆。这个刚刚启用两年的图书馆，是伍斯特市投资 6000 万英磅倾力打造的，以其设计独特、理念新颖、服务先进，而受到市民和大学生的欢迎，它在启用的第一年里，就借出图书 100 万册次，接待了 60 万慕名前来的访客，

蜂巢图书馆

　　以及来自世界各地的政府和大学的参观团，成了地方政府和教育机构合作的最佳典范。

　　伍斯特图书馆共有五层，一层入口处比较开阔，是一个小型展览区及休闲区，以动植物为主题的展览经常在这里举行，当地历史和本土景观融入每一个细节中；二层、三层为主阅览区，一边是一排排的书架，每个书架的一端都是一个玻璃展示柜，里面展示一些能反映伍斯特城市历史或图书馆历史的书籍、卡片、信件、明信片、手稿及其他文物；另一边是阅览座位，读者既可以读书学习，也可以方便地上网浏览，不同的区域通过颜色、灯光等区分开来。

　　伍斯特图书馆的设计非常有趣，台阶和围栏全部用浅色的木质材料制成一本本书的形状，整齐地排列着，像书架上一排排书籍正在等待着读者的挑选和检阅。

布置精妙的小型展览区及休闲区

主阅览区，几乎每个座位上都坐满了人

设计独特的书本式台阶和围栏

除了常规的借阅以及上网等服务，这个蜂巢图书馆还尝试许多新服务，凡是读者需要的、与居民息息相关的事情都是图书馆的服务内容，比如提供健康咨询服务、纺织兴趣小组活动等。这个图书馆还成立了一个名叫"Baby Latte"的母乳喂养小组，每周活动一次，聘请英国国民健康保险机构的专家指导母亲正确喂养，用科学的方法训练她们的宝宝学步走路。学习（Learn）、阅读（Read）、研究（Study）、探索（Explore）、发现（Discorer）、分享（Share），这就是伍斯特图书馆，它用全新的理念诠释着图书馆的新概念。

楼层的分区也蕴含着伍斯特图书馆的服务新理念

2.5 考文垂的传说
——考文垂图书馆

漫步在考文垂这座美丽宁静的千年古城里，常常会有穿越时空的感觉，刚刚还是川流不息的人群，拐过小巷，长满青苔的石墙，却凝结着斑驳的古老岁月。

长满青苔的石墙，默默诉说着这座城市的历史

同英国所有的小城一样，这里几乎没有高层建筑，强大的路标，再加上教堂那直冲蓝天的高高尖顶，市中心很容易就找到了。

第一站先去了圣迈克大教堂，建于14世纪的圣迈克大教堂在第二次世界大战期间被炸毁，它的旧址仍然与20世纪新教的大教堂比肩而立，从那些仅有的残垣断壁，依稀能看出它当年的华美与高贵，它们默默地站在这里，一个世纪，又一个世纪，向人们诉说着历史和沧桑。

尖尖的教堂，红色的邮筒，独特的路标，向我们展示着鲜明的英伦特色

与新教堂比肩而立的圣迈克大教堂遗址

曾经，对于圣迈克大教堂，也有过争议——是推倒重建，还是在残址旁另建。推倒重建当然要简单得多，但幸运的是，它留下来了，给这座小城一个凝重的符号，也给了后人更多触摸历史的机会。拒绝战争，怀念故人，感恩生活，我们每个人都可以从中读出许多。教堂的旁边就是赫伯特艺术画廊与博物馆，艺术和历史在这里完美地结合，下午茶、故事会、手工坊等各种特色活动，每月固定时间在这里举行，随处可见孩子们的创意作品，说他们从小在博物馆泡大的一点儿都不夸张。

赫伯特艺术馆画廊与博物馆

孩子们的创意作品，童趣十足

购物中心的广场上，正中心矗立的就是著名雕像《马背上的戈黛娃夫人》，这里有一个流传已久的故事。

传说戈黛娃夫人是 11 世纪的一个英国贵妇，丈夫是考文垂市的伯爵，在当地横征暴敛，老百姓苦不堪言。戈黛娃夫人很同情老百姓，就请求丈夫减轻赋税。伯爵说可以减税，但有个条件，戈黛娃须赤裸身体骑马在城里走一遭，他心想这下会把妻子难住。不料戈黛娃却一口答应下来。她先通知城里所有的人都待在家里，在她路过时紧闭门窗。然后她骑着一匹白马，以长发蔽体，穿过街市。所有的人都尊重她的请求，除去城里一个叫汤姆的裁缝。汤姆从窗缝偷偷向外张望，顿时眼睛就变瞎了。后来，这也成了英语短语"偷看徒"（Peeping Tom）的起源。

尽管这只是一个传说，并且关于戈黛娃的记载也多有争议，但是人们还是愿意相信这个传说，如今，考文垂市每年都会举行仪式来纪念戈黛娃，就连考

《马背上的戈黛娃夫人》雕像

文垂市的市徽也是依戈黛娃骑马的形象而来，这个传奇的女子已经成了考文垂市的名片，许多人因而慕名前往。

广场的对面就是购物中心，而图书馆就在购物中心的一隅，"LIBRARY"几个亲切而醒目的字母就刻在绿树掩映的红墙上面。依着指示牌拾级而上，城市的嘈杂立刻消隐，购物与学习，消费与充电，热闹与安静，人们各取所需，各安所得。这个城市所有的细节都在展示它的包容与和谐。

图书馆的服务区域在二楼以上，楼梯的转角处是一个信息角，琳琅满目，按需拿取。正对门口是主服务区，"The story, the place, the people"的宣传图片，诠释了图书馆的定位和服务理念。

闹市中的一方净土：考文垂市图书馆

"The story, the place, the people"

活泼有趣的信息栏

馆员手写的读者意见回复表单

右手边的一面墙是长长的信息栏,"You said, I did"栏目引起了我的兴趣,图书馆员在满足读者的需求,回答读者咨询的同时,利用这种形式展示图书馆的服务,宣传图书馆的理念,他们或认真规范、或潇洒有趣的手写体让人觉得格外亲切。

也许是周日的缘故,孩子们比较多,儿童区的故事屋里,有一位中年女图书馆员在讲故事,十几位家长和低龄的小朋友席地坐卧,乐在其中。图书阅览

区和信息区都有一些读者，有的在上网，有的在看书，也有的在休闲座位上看报纸，这里，温暖而从容。每当这时，我都会觉得，图书馆员是全世界最幸福的职业。

离开图书馆的时候，前台的那位美女图书馆员友好地为我拍照留念。图书馆是一个大家庭，全世界的图书馆都是一个大家庭，我们在做相同的事情：传播知识，传递友谊，保存记忆，留住美好。

雨停了，晚霞也映红了天边。考文垂是一个工业城市，它的交通博物馆和航空博物馆也非常著名，收藏有世界上速度最快的汽车，足迹所至，我每每沉浸其中，细细品味，而不愿意走马观花，匆匆而过，所以，尽管有一些遗憾，但我相信，说不定哪一天，就又来了。一个人，穷游天下，那是曾经梦里想过多少次的事呢。

紧凑、务实的实间布局

2.6 圣诞树和圣诞老人
——圣诞期间的英国公共图书馆

圣诞节是英国人最期待、最盛大的一个节日，走在街头，到处挂满了各式迎接圣诞节的彩灯，商场里，圣诞特色的"卡通驯鹿"向前来购物的朋友们挥手致意。

作为一名访学英国的图书馆员，我好奇的是，圣诞期间的图书馆会有什么

街头的圣诞礼品小店

圣诞树和天花板上的点点灯光遥相辉映

不同呢？一个周日的上午，我坐上火车，来到伯明翰市图书馆，开始了我的一个图书馆员的圣诞之旅。

也许因为是周末的缘故，读者比平日显得更多一些，但是并不显得吵闹，人们保持着一种图书馆所特有的最基本的安静。一进大门的地方，就是一棵漂亮的圣诞树，足有一层楼那么高，上面装饰着各种灯烛、彩花、玩具、星星，最高处挂着一颗大大的闪着银光的星星，引得许多小朋友驻足仰望。

圣诞树的左侧是色彩斑斓的信息栏，2015年的宣传品都已经摆上了，我拿了一册印刷精美的宣传册，上面有2015年第一季度的所有伯明翰地区的展览、音乐会、活动、演出、诗会、沙龙的介绍，时间、地点、举办者、内容、联系方式、参加方式等信息一应俱全。还有一种黄色的小便签，一面印有精美的圣诞节的图案及圣诞祝福，另一面印有2015年图书馆每天的开放时间，右上角还有一只美丽可爱的圣诞麋鹿。

圣诞树的后面，是一个临时布置的以"美好生活"为主题的小型摄影展，

穿过这个摄影展,就可以乘电梯来到地下一层的儿童图书馆了。

儿童图书馆也重新进行了布置,天花板上挂起了雪花、糖果、圣诞老人、圣诞袜等漂亮的彩色卡片,服务台及展台上有随便取拿的每周讲故事时间和圣诞活动时间,故事台阶仍然是那种明亮的黄色,有几个小朋友在玩耍,也有几个在安静的看书,我这个"老儿童"也禁不住诱惑,拿了本图画书,坐在那里体验了一番。

在我走出图书馆的时候,门厅处有一支很棒的小乐队正在演奏,驻足聆听的读者很多,有几个小朋友席地而坐,陶醉其中。还有一位推着婴儿车的母亲,她的宝贝就在这优美悦耳的音乐声中酣然入睡。

布置一新的儿童图书馆

书香英伦
英国图书馆之旅

悠扬的琴声吸引了很多的读者，那位母亲和她的孩子就坐在地上，听得很入迷

圣诞，为这座欧洲最大的公共图书馆增添了一抹亮丽的色彩，但是我想，真正吸引千万个读者流连于此的，除了它美轮美奂的视觉效果，更重要的是，这座图书馆从里到外处处洋溢的浓浓的书香和便捷、高效、贴心的服务。

如果说伯明翰图书馆属于"高大上"，那么那些星罗棋布的社区图书馆真实情况又是怎么样的呢？我背起背包，迈开双脚，继续进行我的圣诞之旅。

利用4天的时间，我从临时居住的伯明翰大学附近的小镇——Selly Oak出发，访问了东西南北四个方向的社区图书馆，用时分别是5分钟、29分钟、35分钟和50分钟。我不禁感慨，都说英国社区图书馆步行半小时就有一个，这当然不会是绝对地准确，但也说明英国公共图书馆星罗棋布，数量众多。后来查阅资料得知，英国是世界上最早确立公共图书馆制度的国家，早在1850年，英国议会就通过了世界上第一部公共图书馆法，规定1万人口以上的城镇应该建设公共图书馆。所以，无论你居住在哪个地方，附近不远总会有一个图书馆。

第一天去的是Weoley Castle图书馆，前台的桌面上立着一棵装饰一新的圣诞树，有三个图书馆员在忙碌。儿童区域有一个头戴圣诞帽的美女图书馆员

漂亮的圣诞树是每个图书馆圣诞期间必备的装饰品

书香英伦
——英国图书馆之旅

在教孩子们唱圣诞歌，一台小小的录音机不时变换着欢快的曲子，图书馆员一边唱歌一边示范，有十几个三四岁的小朋友们跟着节奏在跳舞，家长们在后面排排坐，远远地欣赏。

为了不影响他们上课，我在儿童区随意浏览了一下，这里大约不到100平方米。全部是低矮的书架和桌椅，书架上方的墙面上是关于这个小镇历史的图片展，红色的墙面，黑白的图片，既活泼，又很有历史的沧桑感。

活动结束后，我与刚才的图书馆员交流得知，这里每周一上午11~12点是固定的儿童活动时间，平时是讲故事和做手工，这周是专门为迎接圣诞准备的。

第二站是Harborne图书馆，这里面积更大一些，藏书也更多一些，有八九万册的样子，除了常规借阅、上网服务以外，这里专门设置了青少年阅读区和儿童图书馆，并且设有家庭作业区（Homework Area）。英国小学生下午一般3点多就放学了，可以先到这里来做作业，也会有专门的图书馆员组织他们阅读和讨论。

低矮的书架、简单的展览，一切从方便实用出发

另外，针对 5 岁以下低龄儿童的"看绘本、讲故事"活动，每周会在固定的时间举行，通常每个季度会提前公布每一次活动的时间、主题等，便于家长们带孩子参与，也可以随时上网或打电话查询。

第三站去的是 Kings Heath 图书馆，红色的砖墙，白色的石门，配上蓝色的门窗，就像一座童话宫殿，橱窗里是孩子们的涂鸦大作，艳丽的色彩、夸张的表达，非常有趣。门廊地带是一串串漂亮的卡片挂饰，看起来很像是孩子们的手工作品。

室内暖气很足，看书的人很多，借书的人也很多，儿童区相对独立，有一扇门相隔，同样正在举行学唱圣诞歌的活动，两三岁的孩子比较多，也有躺在婴儿车里的小朋友。英国的阅读都是从娃娃抓起，它的"阅读起跑线计划"是世界上第一个专为学龄前儿童提供阅读指导服务的全球性计划，让儿童在书本中学步，目前已经在世界许多国家推广，不久前看到关于"苏州图书馆迈进英国阅读起跑线"的报道。

活泼的卡片挂饰增添了欢乐的节日气氛

图书馆员正在给小朋友们讲故事

最后一站去的是 Selly Oak 图书馆，这是我多次去过的地方，专门挑了一个"讲故事"的时间去的，从头到尾坐在家长席里感受了一下，感觉图书馆员很敬业、很专业，孩子们很快乐、很投入。其实除了低龄儿童的阅读和手工活动外，这些社区图书馆几乎每个月的每个周都会举行一个小型的活动，如咖啡时间、健康讲座、各种展览等，大部分都是免费的，个别的需要交少量的费用。每次组织都很认真，会提前一个季度将所有的活动公告出来，活动前还会给读者发邮件，活动结束后也会给读者发邮件，总结此次活动的情况，邀请大家积极参加以后的活动。

伯明翰是英国的第二大城市，面积 200 平方公里，人口 90 万，有公共图书馆 40 多家。几天内我走访了伯明翰图书馆以及 4 个社区图书馆，总体感觉这些数量众多的公共图书馆，功能非常齐全，它往往兼具阅读、教育、娱乐、网络、资讯、社区服务等各种功能，同时也是社区活动中心和信息集散中心，这里各种信息，包括热线电话、瑜伽、印度舞、家教、语言学习、旧电器

出售、房屋出租、公交车线路时刻表、火车时刻表、剧院剧目、博物馆展览、幼儿园中小学地址电话、求职信息、健康讲座等宣传单随手可取，也可免费上网查找。

英国的公共图书馆倡导平等服务，不分国籍种族，不论性别年龄，只要你愿意走进来，就可享受到热情的服务。它同时十分关注弱势群体的服务。如儿童、老人、残疾人、病患者。图书馆的无障碍设施做得非常好，所有的大门都是自动门，门口台阶的另一端必定是坡道，方便婴儿车、老年代步车和残疾人车进出图书馆，图书馆还为长年不能来图书馆的人群提供送书

齐全的当地公交车、火车运行站点、线路以及时刻表

这里几乎能找到你所需要的任何信息

上门服务。

是的，圣诞为这些图书馆增添了欢乐的气氛，但是英国人如此热爱阅读，喜欢来图书馆，与他们多年来的历史积淀、政府的长期努力以及图书馆提供的便捷、高效、亲民的服务有很大的关系，尽管英国的公共图书馆事业当下也遇到了前所未有的考验，一些图书馆已经被迫关闭，然而，我们也看到，面对新的时代所带来的难题，英国图书馆界已经在积极地寻求破解的途径，那些"图书馆消亡论"，只能作为我们业界奋进的动力，希望那一天永远不会到来。

残疾人车在这里可以畅通无阻

图书馆为有需要的人提供送书上门服务，这张宣传单上写的是具体信息

2.7 闹市之中的一方净土
——谢菲尔德图书馆

谢菲尔德位于英国的南约克郡，建于七座小山之上。去谢菲尔德的那天漫天大雪，让我对这个以风景优美、历史悠久著称的钢铁之城有了另一番印象。

从谢菲尔德艺术馆二层的热带温室"雪埠冬园"的东门出来，只隔一条窄窄的坡道，就是谢菲尔德图书馆了。刚才还是人头攒动，热闹非凡，一路之隔，这边却安静而从容。

整栋建筑依地势而建，呈三角形，与旁边的艺术馆比肩而立。白色的石头墙面，显得干净而朴素。这个图书馆于1934年建成开放，地下一层是剧院和

与艺术馆比肩而立的谢菲尔德图书馆

通往地下一层儿童图书馆的走廊布置的活泼有趣

儿童图书馆。一至三层是各类藏书，四层是 Graves 博物馆和艺术馆。

儿童图书馆和主馆连在一起，既可以直接从图书馆内部进出，也可以从外面一个单独的门进入。楼道的墙面上装饰着非常活泼的图案，有一面墙上全是小朋友做的贺卡图案。除了常规的借阅和上网以外，儿童图书馆还有许多针对不同年龄孩子的服务，如婴幼儿时间（Baby-times）、故事时间（Story-times）、家庭作业辅导（Homework help）、阅读兴趣小组（Reading groups）。

从正门进来，是一个不大的门厅，两边分别有一个小小的角落，放置了同样小小的圆桌、椅子，供读者休息。U 形的墙面上布置了不同的展览，非常有效的利用了空间。左右两边是计算机和互联网中心，上座率很高，大部分电脑都有人在用。

正对大门是主借阅区，主要是社科类、艺术类、生活类书籍，以及大量的 CD。

既是小型展览，也是读者可以短暂休息的地方

简单的休闲沙发和各种随手可取的信息手册

书香英伦
——英国图书馆之旅

　　白色的墙面上写着一些名人名言，都是谢菲尔德市的知名人士关于读书、学习以及图书馆方面的著名言论。

　　三层还有一个收藏地方文献的图书馆，收藏大量的有关本地历史的文献，有大量的各个时期的地图，除了借阅、研究，也可以入内参观。

　　四层是 Graves 艺术馆，主要收藏了 16~21 世纪的谢菲尔德艺术品。因为

布局紧凑的主借阅区

白色的墙面上写着本地知名人士的名言警句

对艺术并不太懂，只能走马观花，但还是觉得很震撼，很高雅，很享受。

照例对读书题材的油画格外感兴趣，在这张画前驻足了良久，回去查资料知是英国女画家 Grace Ward 的作品《胡安妮塔》，画于 1932 年，1937 年捐赠给了艺术馆。

每次在图书馆徜徉，都会尽情地享受这一份安静和从容，常常忘记这是在异国他乡。我想那种宾至如归的感觉，就是对图书馆服务的最高赞誉吧。

地方文献图书馆

英国女画家 Grace Ward 的作品《胡安妮塔》

Graves 艺术馆

2.8 《神探夏洛克》的取景地
——卡迪夫图书馆

看过《神探夏洛克》吗？其中有一个镜头是在图书馆中寻找破案线索，那深蓝色的地毯，长长的书架，犹如星河灿烂的灯光，有没有给你留下深刻的印象？是的，当时的取景地就是卡迪夫图书馆。

卡迪夫是威尔士的首府，英国西南部的重要港口和工业、服务业中心，人口 30 万，面积 120 平方公里。

现代感十足的卡迪夫图书馆

第2辑　公共图书馆篇

自动门上装饰着读书的图案，亮丽的颜色非常醒目

卡迪夫图书馆坐落在城市的中心，从火车站 5 分钟就可以走到，周围就是商业区，现代化的建筑和古老的店铺交错耸立。

现在的卡迪夫图书馆，于 2009 年 3 月建成开放，是一幢非常具有现代感的建筑，门前的雕塑几乎与楼同高，地面上装饰着看似很随意的威尔士语字母和单词，透明的自动门上是橙色的读者读书的剪影图案，醒目有趣，很吸引眼球。深色玻璃外墙超过 2000 平方米，外墙的玻璃图案很像随意放置在书架上的书本。因地处卡迪夫市的黄金位置，这幢六层的图书馆也成了卡迪夫的地标性建筑。

图书馆内空间通透，光线明亮，又处在城市繁华的中心地带，是居民休闲、阅读、思考的绝佳去处，已成为卡迪夫居民的"公共大书房"。馆内大约有 9 万册藏书，其中有 1 万册威尔士语书籍。馆内所有的标识都采用英语和威尔士语两种语言。虽然英语和威尔士语都是威尔士的官方语言，但是现在只有

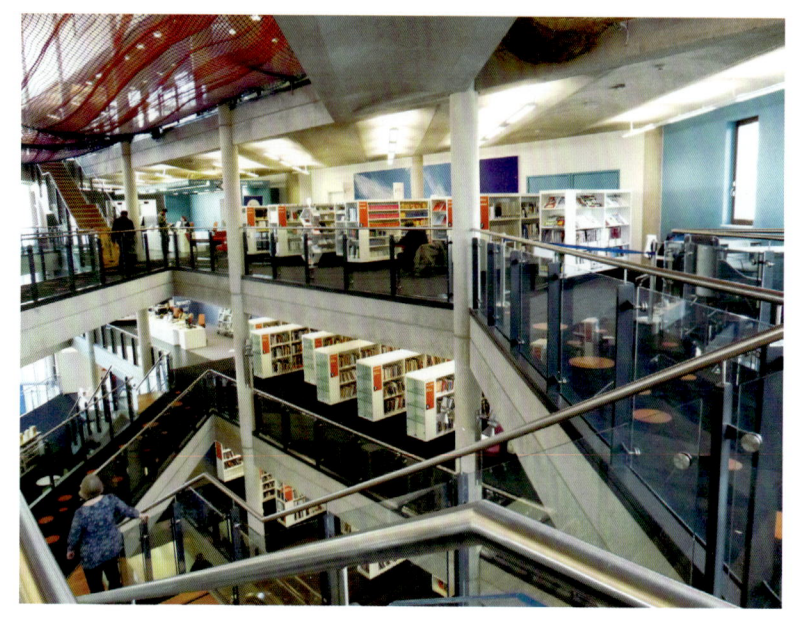

通透、舒适的阅读空间

带小桌板的休闲阅读椅

11%的本地人说威尔士语，是真正的小语种。英国官方现在也采取了一些保持措施，中小学校里都同时开设英语和威尔士语言课程。

儿童区设在二层，阳光透过落地玻璃照进来，洒满大半个房间，再加上色彩明亮的空间，设计新颖活泼的家具，能让小朋友有更好的阅读体验。在我参观期间，进进出出图书馆的小读者非常多。

因为有充足的时间，我到一层的咖啡吧要了一杯咖啡，找了一个靠窗的位置坐下来，看窗外或悠闲或匆忙的行人，看小朋友在广场上与鸽子嬉戏，每当这时候，我就觉得自己好像已经成为这个城市的一员，看书累了，逛累了，就在这咖啡的香气里消磨一下时光，看看风景，发发呆，有时候，幸福就是这么简单。

洒落阳光的儿童活动空间

活泼的儿童家具

2.9 风景中的风景
——卡迪夫城堡图书馆

卡迪夫城堡以其沧桑的历史和华丽的建筑，吸引着世界各地的游人，而在这座城堡里，有一座私人图书馆同样散发着高贵独特的魅力。

卡迪夫城堡有2000多年的历史，这里可以见到公元1世纪的罗马城墙。我们现在看到的城堡主要分为两个部分，一部分是城堡后面的中世纪城堡，最早由罗马人建于2000多年以前，后由诺曼人重建；另一部分是各个时期兴建的公馆，集哥特式、阿拉伯式、希腊式等众多建筑风格于一体。特别是维多利亚时期哥特复兴式的公馆，极尽奢华繁杂，富丽堂皇，这主要是因为后来的堡主侯爵家族因做煤炭生意富可敌国，也因此侯爵家族才能投入巨资修复城堡。

装修后的城堡有上百个房间，大量壁画、彩绘、浮雕，讲述着一个个世事变迁的故事的同时，也尽情展示着这个几乎可以说是用黄金堆起来的城堡。在所有的房间里面，图书馆是最值得关注的地方。其实，叫它私人书房或私人图书室更为确切，但是人们还是习惯地称它为图书馆。这是因为在英国，奢侈的建筑很多，城堡更是不计其数，但是在英国甚至欧洲的城堡中，拥有如此规模和气势的图书馆，的确十分罕见。

这个图书馆位于住宅最古旧的部分，它的其中一部分一度为15世纪时期的城堡大厅，在长达400多年的时间里，它被分为两个房间，直到19世纪70年代，William Burges才将其建成一座供比特侯爵三世使用的大型图书室。

卡迪夫城堡的历史可以追溯到古罗马时代，外观雄伟壮观，集哥特式、阿拉伯式、古希腊式等众多艺术风格于一体，外墙充满了历史感和沧桑感

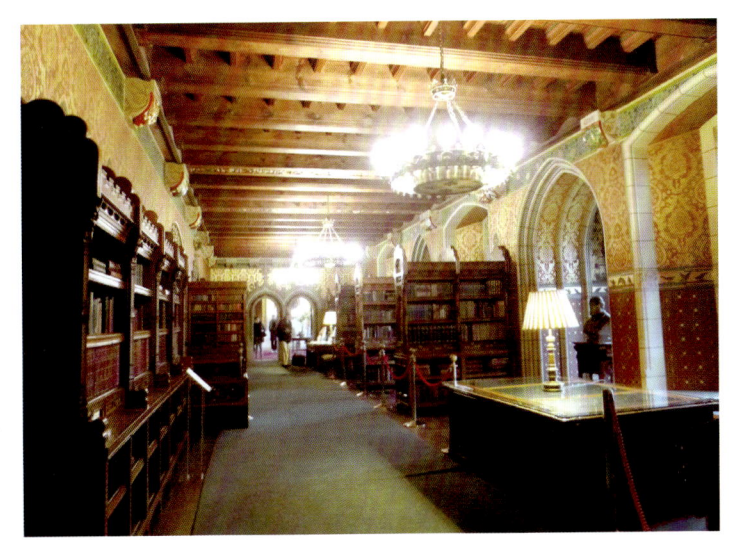

雕梁画栋的卡迪夫城堡图书馆

书香英伦
英国图书馆之旅

精致华美的书架及书桌

　　此房间是城堡中最重要的建筑之一，它仍然保留着专为这间内室设计和建造时的原始书架和书桌。书架和书桌都有着华美的装饰。

　　图书馆以文学和语言为主题，壁炉台上刻有希腊、希伯来、亚述、象形文字和古北欧文字五种"古代"语言。这些文字被刻在人物的手臂以及他们手持的画板上，这些人物均由 Thomas Nicholls 雕刻，而最右边侧着身体的那位据说就是比特侯爵三世本人，他也是个语言天才。

　　家具均饰以雕纹嵌边装饰品，这些装饰品由比特侯爵自己的工场制作。工场里面汇集了一批才华横溢的工匠，他们分工建设这些建筑项目。

　　尽管比特侯爵对中世纪的世界非常入迷，但他还是热衷于现代发明，城堡在19世纪70年代即安装有中央采暖系统。图书馆阅览桌的基座里面包含中央

壁炉上方手持画板的人物雕刻

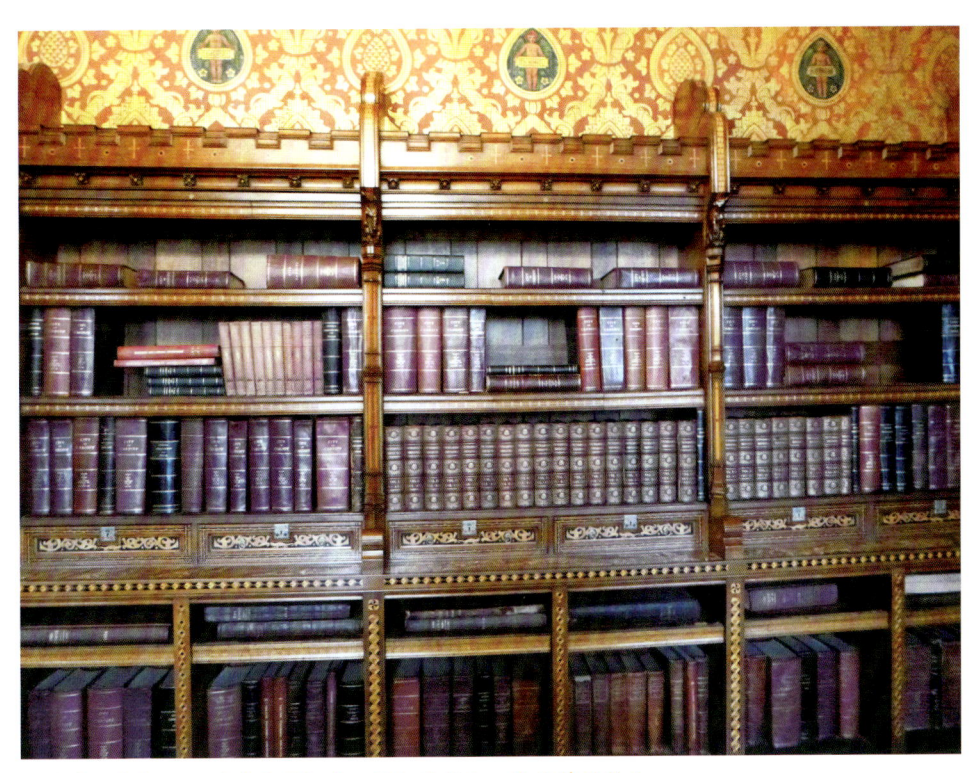

这些书及书架，经过岁月的打磨，更加散发出一种独特的魅力

采暖系统的散热装置。

　　室内宽敞明亮，四壁雕梁画栋，主色调为红色和金色两种颜色，采用丘比特人物图装饰，每面墙壁上都刻有比特侯爵最喜爱的作者的名字。据说这位坐拥"金山"的公子最大的癖好，就是泡在图书馆里读书。

　　拥有2000多年历史的卡迪夫城堡，为我们展示了无与伦比的魅力，城堡中极尽奢华的图书馆，也为我们留下了一段可以触摸的历史。

每一个宽大的阅览桌下面的基座里，都巧妙地安装有中央采暖系统的散热装置

2.10 与神秘古堡为邻的图书馆
——卡菲利图书馆

卡菲利（Caerphilly）是威尔士南部的一个自治市，1996年成立，278平方公里，178800人，这个美丽的小镇因为拥有威尔士最大的古堡——卡菲利城堡（Caerphilly Castle）而著名。

卡菲利城堡也是英国第二大城堡，仅次于温莎城堡。这座古堡是英国迄今为止最古老最坚不可摧的城堡，周围被众多的护城河环绕，被称为英国最复杂的带水防御性建筑，其中一座破损最严重的塔楼倾斜甚过比萨斜塔，其苍凉悲壮的神秘历史展现，优美宁静的水上美景，吸引着世上无数的游人来到这里。

匆匆参观完古堡之后，省下了一些时间去完成我的心愿——参观当地的图

苍凉悲壮的卡菲利古堡

站在图书馆门前眺望不远处的城堡

书馆。按照以往的经验，教堂、图书馆、博物馆、火车站、汽车站通常都集中在城市中心，应该就在不远。果然，顺着坡势往上走，距离城堡不足 5 分钟的路程，一座漂亮的有着尖帽式屋顶的圆形建筑就在眼前。英语和威尔士语两种语言的"图书馆"就写在楼体正对着街道的墙面上，在蓝天白云的映衬下，显得格外醒目、干净。

图书馆一共三层，每层的空间都比较宽敞。二层大片区域都是儿童图书馆，同时也有家长休闲活动的区域，显示屏里播放着孩子们读书游戏的画面，以及有家长参与的孩子们做手工活动时的照片。

成人阅读区的书架摆放与一般公共图书馆极为相似，低矮的书架隔成许多个互相沟通又相对独立的空间。另一面是上网区，有一些放着电脑的桌椅，这里的读者要多一些。有一位家长边在电脑上演示，边辅导孩子们学习。三层是安静阅读区，阅览座位也相对要多一些，与一二层的圆桌和小型轻便的休闲椅

童话般的图书馆

二层的儿童图书馆，因为有小朋友在活动，只能远远的拍一张照片

显示屏里播放的家长和孩子们做手工活动的欢乐场面

不同，这儿都是能坐 4 个人的大阅览桌，长时间学习看书应该更舒服一些。

不同区域的墙上有许多有关阅读和利用图书馆的名言，都是直接写在墙上，有一面墙上写着《哈利·波特与密室》里面的一句话，"如果有疑问，就去图书馆"（When in doubt, go to the library.——Harry Potter and the Chamber of Secrets, JK Rowling.）。这儿地势更高，窗外就是城堡，风景非常美丽。

二层安静舒适的休闲阅读空间

三层安静阅览区

书香英伦
英国图书馆之旅

走了一天非常疲倦，我在二层书架间靠窗的位置找了一个懒人椅，休息了大约半个小时，恢复了一些体力，全身也觉得暖和起来。经验之谈，在英国的任何一个城市里行走，渴了、累了、饿了、冷了，都可以来图书馆，这儿通常进门后就会有一个小型的咖啡吧，可以买些汉堡等食物，有咖啡、茶等饮料。

不同区域的墙面上写着不同的名言

窗外就是城堡，读书累了可以在这儿看看风景

一个下午的时光，我就是在这儿看书、发呆、休息

图书馆的暖气通常都开得特别足，在寒冷的冬天，走进图书馆会感到格外温暖。和高校图书馆不同的是，进门处只有监测仪，没有门禁，即使不借书，你也可以大大方方地走进来。有困难可以找前台工作人员，没有问题时，你大可以在里面自由行走，工作人员一般也不会打扰你。

天色渐渐暗下来，因为要赶回卡迪夫市住，我恋恋不舍地走出了这个在异乡的冬天里给我无限温暖的地方。

为了和小城的图书馆留个影，我跑到了马路的对面，因为门口的街道非常窄。英国的公共图书馆，通常都是这样，没有围墙，没有院落，甚至连一块醒目的牌子都没有，有时你走在街道上，会突然觉得，咦，这栋建筑不错，细细一看原来是图书馆。卡菲利图书馆相对还算宽敞，但是想要把那个我喜欢的尖帽式圆形建筑拍下来，还是费了一番周折。

多年以后，当我再翻阅这些照片的时候，回忆里一定少不了这段愉悦而幸福的午后时光吧。

书香英伦
——英国图书馆之旅

2.11 在温莎小镇享受图书馆的温暖
——温莎图书馆

　　温莎是英国东南部伯克郡的一个小镇,位于泰晤士河的南岸,距离伦敦市中心仅 32 公里,因温莎城堡而享誉世界。温莎城堡是英国王室的行宫之一,也是目前世界上有人居住的城堡中最大的一个。温莎城堡是使用最久最古老的皇家寓所,又因为英王爱德华八世"不爱江山爱美人"的爱情故事,而颇具神

温莎城堡古朴的外观

秘、浪漫和传奇色彩。

小镇古朴典雅，许多英式建筑仍然保留了中世纪的风貌，置身其中，犹如穿越时空。正对着维多利亚女王雕像的就是一条主商业街，两边店铺林立，美术馆、艺术品店穿插其中，令人惊羡不已。

当我在路标上看到"Library"字样的时候，我知道，一个小时的吃饭时间是无法用来吃饭了，我要去这个小镇的图书馆看一看。

因为商业街上密密麻麻的都是店铺，我来回走了两趟，明明路标上有，就是没有看到图书馆的影子。后来经过仔细的寻找，在温莎主商业街的中段，发现了一条细细窄窄的小巷，沿着巷子小心地行走，因为就算一个人走也不算宽敞，拐两个转角，再下四五个台阶，眼前有豁然开朗的感觉。

十字路口中心的维多利亚女王雕像

书香英伦
——英国图书馆之旅

温莎火车站，英伦特色的路标，不同方向的指向牌，会标明这条路上的主要建筑物

  相对于购物街的拥挤，这里幽静而敞亮，有一小片可以停车的空地，一栋红砖小楼格外醒目，墙体上的"Windsor Library"字样低调而温婉，皇冠和狮子的图案为这栋精致的建筑，平添了一些皇家的气质。指示牌也是偏于一隅，静静地立在小院的矮墙边，差点儿没有看见。当我确认这就是具有浪漫传奇色彩的皇室小镇温莎的社区图书馆时，心中不免有些小兴奋，一个小时的吃饭时间全部泡在了图书馆里，有时，精神食粮真的能替代物质食粮。

第2辑 公共图书馆篇

美丽的小镇图书馆

偏安一隅的指示牌

看到门边的牌子了吗，除了图书馆，这里还是社区公共学习中心和信息中心，学习中心和信息中心的理念早已根植并实践于英国每一个社区图书馆中。

外面冷风伴着小雨，拿着相机的手已经冻得不听指挥，推门而入，温暖的气息扑面而来，立刻有一种到家的感觉，似乎连心灵也放松下来。

馆舍不大，一层是主服务区，实用型的家具，灵活的空间摆放，一切都以方便读者为目标。

图书馆同样也是学习交流中心和信息中心

空间摆放灵活、紧凑、方便

第2辑 公共图书馆篇

儿童图书馆是每一个社区图书馆所必备的。这里主要是低幼儿童阅读区和活动区,每周有专门的讲故事时间,和其他到过的社区图书馆并无差别。另有青少年阅读区,主要供中小学生放学后在这里阅读和写作业。

儿童图书馆是英国每一个公共图书馆必备的空间

书香英伦
——英国图书馆之旅

自助服务区在入口处的左手边，读者可以自助借还书，墙上的装饰画是泰晤士河的天鹅。帮助台就在正对门口的地方，方便读者咨询。这里的图书馆员永远热情洋溢，永远细致耐心，他们几乎熟知小镇上的所有居民以及他们的阅读喜好。

入口处的自助服务区

简单而朴素的咨询台，优质而贴心的服务

第2辑　公共图书馆篇

书店内的摆放

　　这是商业街上一家书店的照片，书籍的分类摆放、荐书台、方便的阅览座椅、免费 Wi-Fi，还有一些极具特色的地方图书，书店和图书馆已经极为相似，只不过是以售卖新书为主。如果你愿意，你也可以在这里待上一天，尽情享受阅读的乐趣。

这是书店的二层，没有工作人员，如果要买书需要拿到一层的收银台

第 3 辑

博物馆、美术馆、名人故居篇

书香英伦
——英国图书馆之旅

3.1 追寻莎士比亚的足迹
——莎士比亚故居

　　450多年前的4月23日,莎士比亚诞生在英格兰中部埃文河畔的一个普通小镇——埃文河畔斯特拉福德,这个只有两万多居民的小镇,面积也颇为袖珍,但每年却有150多万来自世界各地的游客,大家来这里,只有一个原因,那就是:莎士比亚!

　　就像到中国,要去曲阜看一下孔子的故乡一样,来到英国,当然要追寻莎翁的脚步,亲自到他的故乡,看一看他出生、成长,以及故去的地方。

埃文河畔斯特拉福德镇

莎士比亚故居所在地——亨利街

美丽的埃文河流经小镇

中学时的一篇课文《威尼斯商人》，给我留下了深刻的印象，那个博学优雅、机智勇敢的鲍西亚，曾经那么长时间鼓舞着我，让我敢于描绘自己心中的梦想，虽然最终做一名女法官的梦想并没有实现，但是，她给予我榜样的力量和前行路上的温暖，至今难以忘怀。来这里，不仅是为了寻一个梦，这是我在英国最想要去的地方，甚于伦敦。

"stratford-upon-avon"，长长的名字显然不是这个小城的风格，小城古朴、精致，到处都是黑白窗格的都铎式建筑，镇子古老而宁静。埃文河水就在城

莎士比亚雕像及其作品中的人物

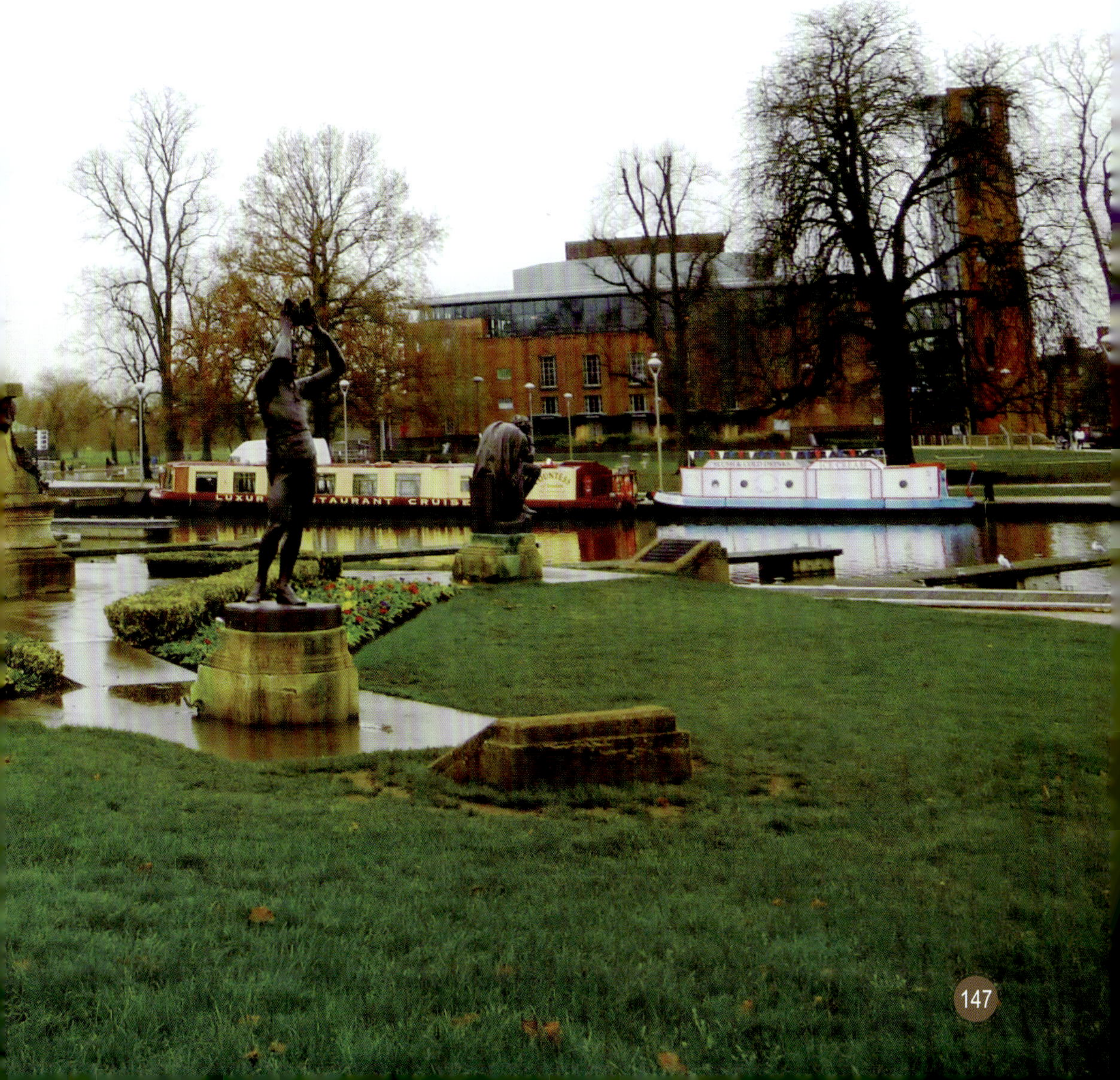

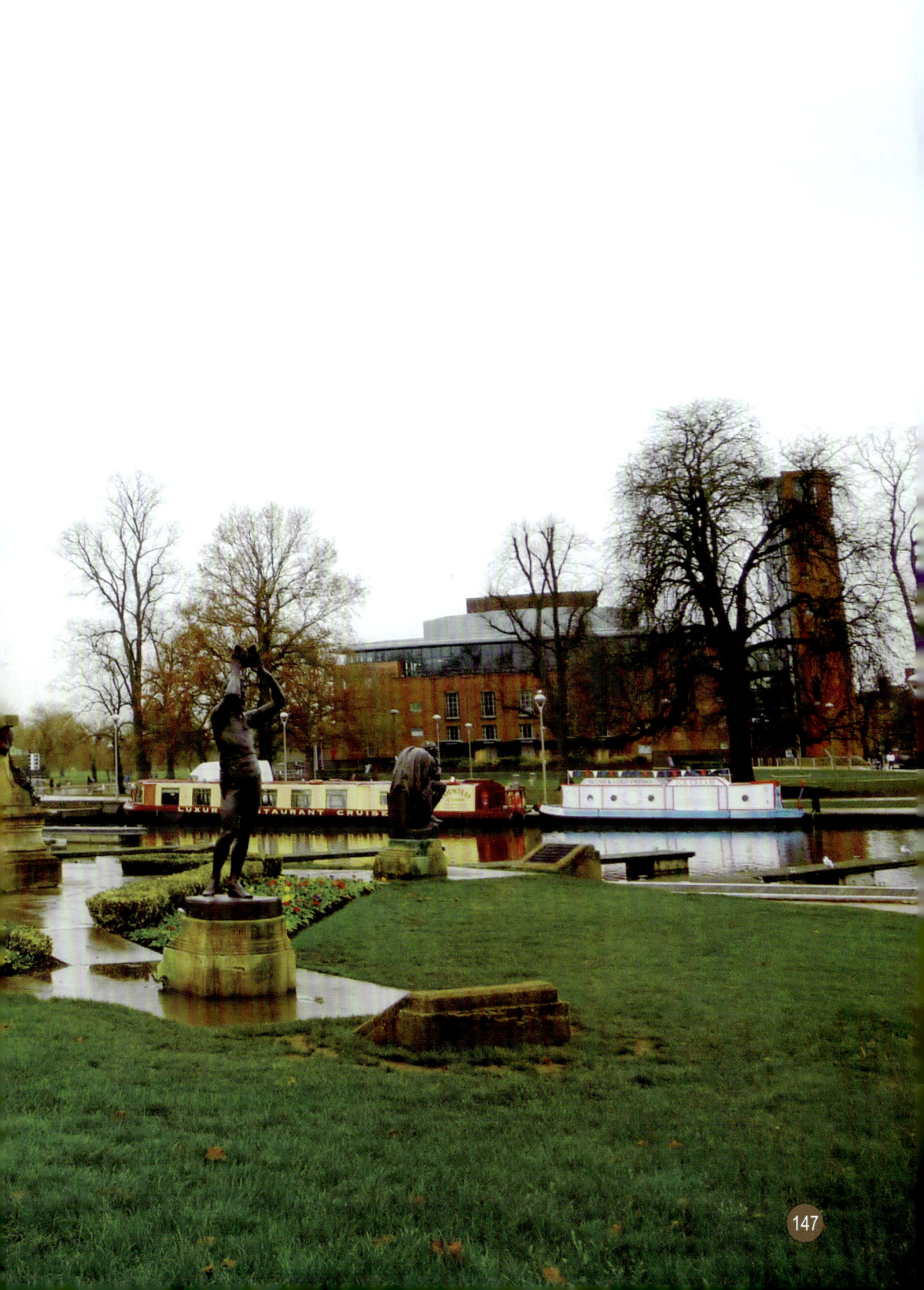

中静静地流淌，成群的白天鹅、黑天鹅高擎着它们美丽的脖颈，优雅地游在河面上。

小镇灵魂人物莎士比亚的雕像，高高地耸立在埃文河边的公园里，目光深邃，眺望远方，四周陪伴他的，是他著名戏剧作品中的人物塑像，罗密欧、朱丽叶、李尔王、哈姆雷特、奥赛罗等，神情活现，形态逼真。

也许是旅游淡季的原因，冬季，又下着小雨，游人比想象的少很多，更使得这个精致的小镇如同世外桃源，静幽神秘。我一个人漫步在小镇上，体验着莎士比亚无处不在的印记。按照在旅游中心拿到的地图，很快就找到了莎士比亚故居的所在地——亨利街。整个街道，几乎全是与莎士比亚有关的商店、餐馆和酒吧。商店里的商品、书籍、画册、唱片、衣服、帽子、玩具、明信片、贺卡等，都能找到莎士比亚的头像，就连巧克力的包装纸上，也有莎士比亚的

小镇图书馆

名字。

在亨利街上,我对一处16世纪的木筋墙房子产生了兴趣,二层小楼,白墙黑窗,门口的长连椅上,一位小镇居民带着他的大狗颇吸引人的眼球,不时有旅客来询问,可不可以给他的狗拍照。这时天空飘着小雨,光线比较暗,房间里面已经亮起了暖暖的灯光,我对这样的灯光天生没有抵抗力,停住脚细细打量,原来这是小镇的图书馆。

没有门槛,没有喧嚣,进了门,正对面的墙上有一块木制牌子,上面写着这个图书馆是1905年捐建的,黑色的框木写着沧桑和古朴,与白色的墙面形成对比,简单而安静。看到我走进来,有一个图书馆员笑着对我点点头,算是欢迎和打招呼,然后就忙她的去了,任由我在这儿闲逛。里面的空间比较宽敞,图书、报刊、音像各得其所,有一些读者在静静地读书看报,也有一些在

木牌上显示着小镇图书馆的历史

书香英伦
——英国图书馆之旅

整洁安静的小镇图书馆

上网。这个小小的图书馆属于这个小镇的居民，是他们日常生活的一个最熟悉不过的场所。这里同样欢迎任何一个步入其中的人，不管你是谁，何种肤色，来自何方，比如我以及和我一样的游客。我可以在这儿读书看报，也可以进来找一个舒适的座位休息一下，或者只是避一下雨、暖一下冻僵的手。

紧挨着图书馆的胡同里是一个书店，"The Shakespeare Bookshop"的名字格外醒目，书店的旁边就是莎士比亚研究中心，一群群学生在排队等候参观。

莎士比亚研究中心是为纪念莎士比亚诞辰400周年而建的，里面陈列着莎士比亚的作品和各种雕像、画像，在这里看着他那前面秃顶、后面披肩卷发的标准像，感到熟悉而又亲切，就是这么一个其貌不扬的人，创造了人类文化史上的奇迹。展厅的一侧陈列着各种各样的莎士比亚文稿的原件和复印件，另一侧的大墙上悬挂着37幅青铜圆浮雕，每一个代表着莎翁的

第3辑　博物馆、美术馆、名人故居篇

小巷里的莎士比亚书店

故居前等待入内参观的学生

151

一部戏剧。

　　研究中心设有莎士比亚图书馆和档案馆，收藏着数万种莎士比亚戏剧的版本和不同文字的莎士比亚著作，包括1623年出版的莎士比亚戏剧集。这里是世界三大莎士比亚图书馆之一。

展厅里展出的莎士比亚作品

青铜浮雕墙

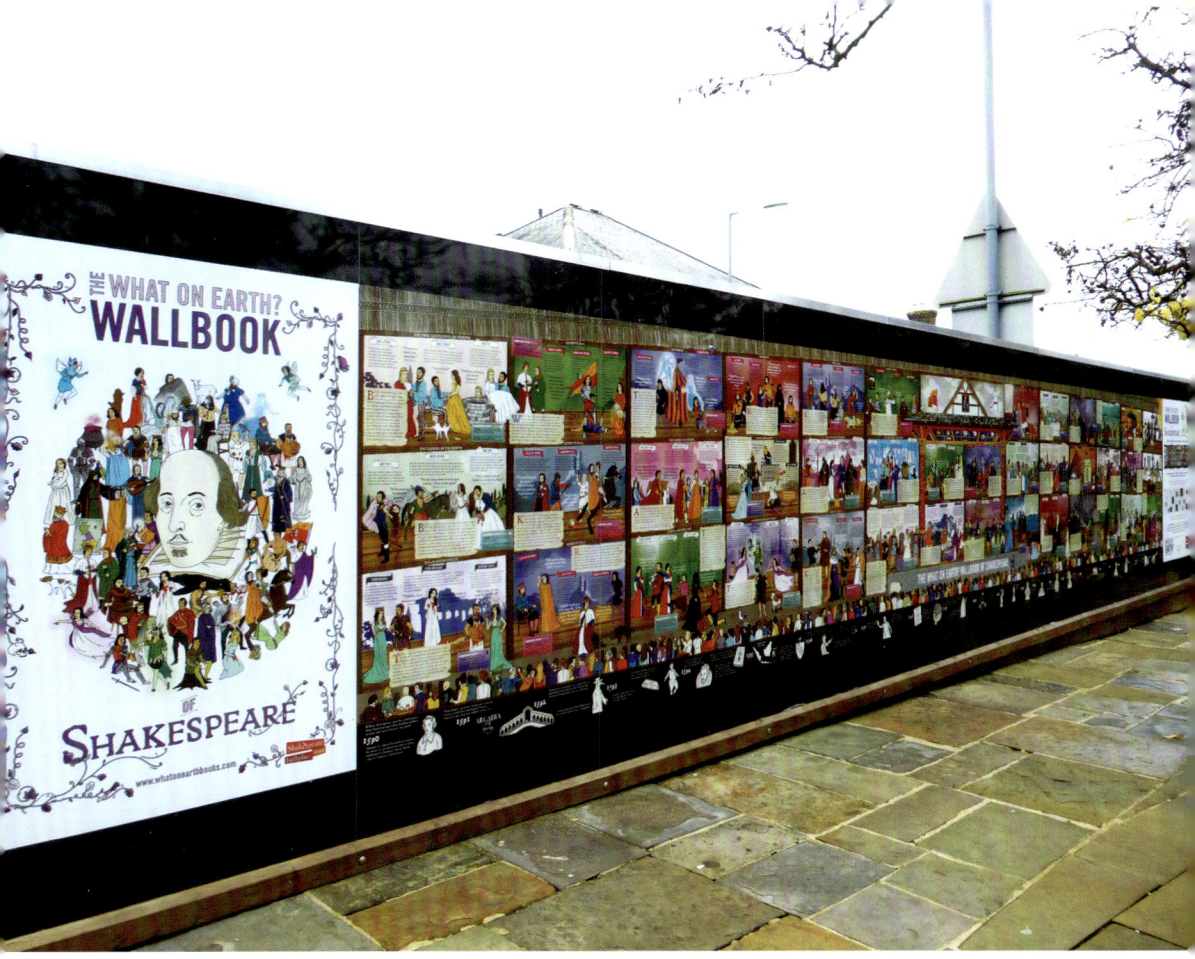

莎士比亚作品展示墙

　　中心的左侧就是莎士比亚故居，同在一个院子里，隔条小径。院子里有一面墙颇引人注目，上面展示着莎翁的每一部作品。

　　莎士比亚故居是一幢积木式的两层小楼，白色的外墙，黑色的窗棂，红色的屋顶。莎士比亚就在这个小屋诞生，他早年辍学，跟父亲经营皮毛生意。如今，当年的裁剪工具依然静静地陈列在这里。

　　整个故居的内部空间现在看起来，非常狭小而局促，莎士比亚出生时的卧室在带有厨房的二层，处处遗留着岁月打磨的痕迹。我在仔细察看一张桌子的时候，旁边的讲解员马上告诉我，这是一张1550年的桌子，比莎翁的年纪还要长；而莎翁安葬的圣三一教堂，建于1269年，相当于中国的南宋时期，我在想，国内哪个城市还能有那个时期的建筑，并且还在好好地使用中呢？

书香英伦
——英国图书馆之旅

莎士比亚故居

莎士比亚就出生在这样一间极为普通的小屋里

其实，历史就在屋顶的青苔中，在古老的窗棂上，在繁复的雕像上，甚至在磨光的鹅卵石路上，历史就在街边，在眼前。在这样的小镇中游走，文化可感知，历史可触摸，时光已然穿越，莎翁似乎就在这个小镇上住着，从来不曾远离，人们谈论着他的戏剧，等着看他的演出。就连他的生日，每年的4月23日，也被定作世界读书日，全世界的读书人和爱读书的人，都会以各种方式纪念这位伟大的人物。

这些古旧的家具，见证着一个伟大的时代，也凝结着人们对这个世界级文豪的敬仰之情

3.2 在利奇菲尔德遇见塞缪尔·约翰逊博士

利奇菲尔德,英国英格兰斯塔福德郡(Staffordshire)的一座小城,距离伯明翰仅25公里,以利奇菲尔德大教堂而闻名。

这座精美的小城到处都是庭院花园,砖石铺成的古朴街道镶嵌着鹅卵石。这里除了拥有浓厚的基督教特色之外,也曾是当年一些思想巨匠生活的地方:著名的学者和词典编撰者塞缪尔·约翰逊就出生在这里,伊拉斯谟·达尔文(Erasmus Darwin,查尔斯·达尔文的祖父)也曾在此居住并从事研究多年。

一尊巨大的塞缪尔·约翰逊博士(Dr.Samuel Johnson)的雕像矗立在集贸广场的中央,这尊雕像的旁边是一幢有着高高尖顶的大教堂。因为这尊雕像,沉闷的广场变得鲜活起来。事实上,起初我并不知道这个雕像到底是谁,对这个小城意味着什么,直到我看到了约翰逊博士的故居,有关他的博物馆和书店,我才恍然大悟,原来,这就是编撰《英语字典》(A Dictionary of the English Langage)的那个约翰逊,

广场中央的塞缪尔·约翰逊博士雕像

第3辑　博物馆、美术馆、名人故居篇

塞缪尔·约翰逊博士博物馆和书店

这里就是约翰逊博士的故乡。

约翰逊博士以《英语字典》而名扬天下，并且成为英国人的骄傲。他以8年的时间在六个助手的帮助下，于1755年完成了这部巨著。在此之前，英国没有一部像样的字典，即有的字典错误百出，直到约翰逊博士这部《英语字典》出现后，才洗刷掉英国上下背负甚久的耻辱。这部字典雄霸了英语世界一个半世纪之久，直到1928年《牛津英语大辞典》全套出齐。

在这之前，我对约翰逊的了解，只是源于一部传记《约翰逊传》，从某种意义上来说，约翰逊之所以成为名垂青史、让人永志不忘的历史人物，很大程度上是因为詹姆士·包斯维尔（James Boswell）为他写了这部精彩的《约翰逊传》。《约翰逊传》被誉为英国近代最伟大的一部传记文学，这部充满睿智与句句珠玑的书，是约翰逊多姿多彩一生的最好写照。史蒂文森曾说，他每天都须像读《圣经》那样读《约翰逊传》，据说英国语言学家乔艾特也曾读了50遍。至到今天，这部传记仍然为广大读者所喜爱。

故居的展室里陈列着约翰逊博士编撰的字典

虽然，人们把诸多的美誉都给了《约翰逊传》的作者包斯维尔，但是约翰逊传奇的一生和他少有人能及的众多的文学成就，一直受到人们的关注和敬仰。约翰逊博士从小博闻强识，才华过人，幼年患病且重度近视，后来一只眼睛几乎完全失明，这真让人难以想象那厚厚的上下两巨册《英语字典》是如何写成的。因家境贫寒，牛津大学没有读完就选择了退学，回到故乡后却又被忧郁症所困扰，而且终其一生也没有克服周期性的忧郁症，每隔一段时间就要与其博斗；27岁时与一个47岁的已有孩子的胖寡妇结了婚，28岁时前往伦敦，口袋里只有两个半便士，生活的穷困可想而知。当他历尽艰辛，完成《英语字典》而一举成名时，他最爱的妻子去世。虽然如此，约翰逊留给人们的印象永远是幽默、机智、开心和搞笑。除了《英语字典》外，他的文学成就也颇为不凡：30岁时写成讽刺长诗《伦敦》，40岁时完成了长篇讽刺名诗《志业徒劳》，直到他73岁时还完成了过去52名诗人的《英国诗人列传》这一伟大作品。

约翰逊博士各个时期的肖像和取得的成就

约翰逊非常热爱伦敦，以至于他曾经说过："当一个人厌倦伦敦时，他对人生也就觉得乏味"。虽然今天，他早已成了他的故乡的骄傲，对他的介绍甚至占据了镇志的绝大部分篇幅，但是贫穷、病痛、宗教的严苛以及各种曲折的经历，让他对这个度过青少年时期的故乡小镇充满了复杂的感情。

有时候我不太喜欢读外国文学作品，多半是因为那些陌生难记的地名和人名。传记中的约翰逊不但是一个诗人、批评家、大文豪，而且他癖性古怪、衣着邋遢、行为粗鲁、脾气暴躁，这些都和他深厚的知识、广博的学问、睿智的谈话形成了鲜明的对比，使人印象深刻。但是，对于书中他出生成长的小镇利奇菲尔德，我真的从没有关注过，对我来说，那不过就是一个地名而已。今天，当我因为这座举世闻名的大教堂而来到利奇菲尔德时，与约翰逊的奇遇，让我喜出望外，这个利奇菲尔德竟然就是那个300多年前约翰逊生活过的"利奇菲尔德"！生活就是这样，充满神奇和巧合，你永远不知道明天会发生什么。

约翰逊故居就在广场的一边，与他的雕像隔着一条窄窄的小道，一座四层

博物馆美丽而精致的橱窗

的白色的房子，小小的门窗，让人无法和博物馆以及书店联系起来。但是，走进去，还是让人有一些意外。

这栋白色的房子建于1707年，塞缪尔·约翰逊于1709年出生在这里，在这里度过了他的青少年时代，直到1737年离开利奇菲尔德去伦敦工作。这个博物馆就是由约翰逊的父母捐建的。

进门后是书店，再往里走，才是博物馆，包括地下一层以及地上四层都是有关约翰逊博士的展室，空间都比较精致小巧。

我仔细地参观了博物馆的每一个展室，并在"wood library"的留言簿上签上了自己的名字，英国版的到此一游。在这个我见过的最迷你的图书馆里，收集了自1901年以来世界各地前来参观的人们的签名。

整个博物馆小巧而精致，许多展室布置得非常有趣，踩着吱吱作响的木地

第3辑 博物馆、美术馆、名人故居篇

Explore and enjoy the Museum!

GROUND FLOOR

1. Museum Bookshop
   Find a gem in our selection of new and second-hand books
2. Michael Johnson's workroom
   Find out about book production in the 18th Century
   Try writing with a quill pen in Michael Johnson's workroom
3. The Blum Library
   Discover how the house became a museum in Alderman Gilbert's Gift
   Thank you for making a donation!

BASEMENT

4. The Kitchen
   Meet the young Samuel in the family kitchen

FIRST FLOOR

5. Introduction
   Johnson in his century 1709–1784
6. Audio visual room
   Introductory film
   Samuel Johnson: an extraordinary life
   (13 minutes duration)
7. Room One
   In the Midlands 1709–1737
   Samuel was born in this room

Visiting with children?
Follow the trail with Hodge the cat and look out for the special activities.

SECOND FLOOR

8. Room Two
   London Life 1737–1755
9. Hay Hunter Library
   Read and relax
   Colour and draw in the Hay Hunter Library
10. Wood Library
    Available for research by appointment

ATTIC

11. Room Three: *Dictionary Johnson*
    See a first edition of the Dictionary and explore the interactive displays
12. Room Four
    The Final Years Part One
13. Room Five
    The Final Years Part Two
    See many of Johnson's personal items
    Dress up like a Georgian in Room Five

博物馆导览图

约翰逊博士的书房，仍然保留着原来的样子

书香英伦
英国图书馆之旅

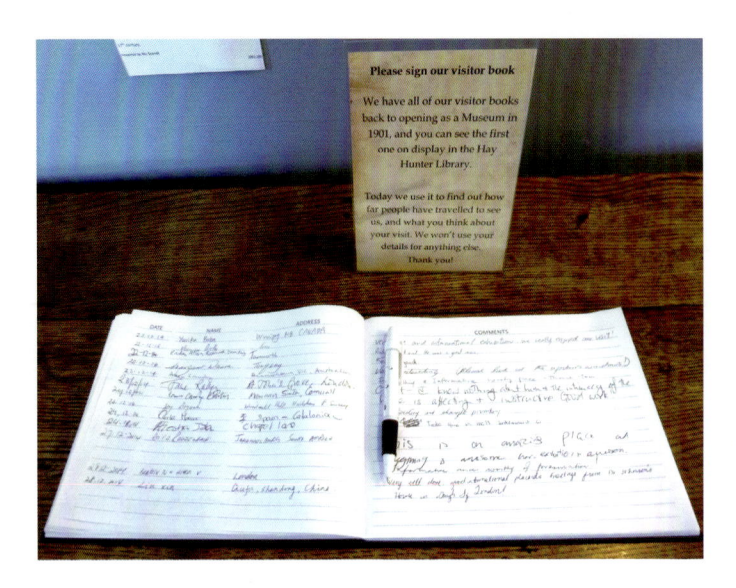

签名簿上有来自世界各国的签名，我在自己的名字后面郑重地写上：中国曲阜

活泼有趣的展室布局

　　板，好像穿越时空，在和约翰逊博士隔空对话，如果你愿意也可以坐下来，以他为素材创作一幅手工作品。

　　一个城市，因为有了一座千年教堂而变得沧桑而厚重，因为有了塞缪尔·约翰逊的足迹而变得灵动而有个性，而这也是利奇菲尔德这个小城的魅力所在。

3.3　在巴斯小城寻访简·奥斯汀故居

巴斯，这个城市的名字简单明了，甚至有些直白，但却并不妨碍它成为英国唯一被列入世界文化遗产的城市。傅雷曾经说巴斯是一个"精致而美丽的城市"，精致是来自乔治亚时期的房屋建筑风格，古老而独特，令人叹为观止；美丽是来自于景色绮丽的乡村风光。

如果仅仅是这些，还不足够让我坚定地来到这里，毕竟在英国，历史悠

古朴、典雅、精致而美丽的巴斯城

久、风格迥异的小城实在是太多了。真正让我心向往之的，是简·奥斯汀和她的《傲慢与偏见》。

在英国著名的作家里面，莎士比亚、夏洛蒂·勃朗特和简·奥斯汀是对我影响最大的三位，当初读莎士比亚的作品，还曾经让我极想去做一位女法官，也为了纪念这样一个梦想，在我来英国不久就去拜访了蜚声中外的莎翁故居，如今，我的另外一个梦想——拜访奥斯汀故居也实现了。

外国文学作品中，《傲慢与偏见》是极少数能够让我一读再读而不心生厌倦的。当年上大学的时候，几乎全宿舍都是"奥斯汀迷"，大家不厌其烦地谈论着书中的每一个情节，街道、房间的陈设、马车、达西先生深邃的眼睛、女孩们的古典发型，甚至连繁复精美的服饰、高腰的长裙、荷叶边的裙摆、蕾丝花边、迷人的服装皱褶，都会成为我们乐此不疲的话题，大家谈论、憧憬、笑闹，享受着简·奥斯汀带给我们的、在那个时代永远无法企及的文艺和小资。而出生在富贵家族、风流倜傥的达西先生，最终选择了表面傲慢、内心善良、出身平凡的女孩伊莉莎白，也许这也是让女人们心动的原因吧。

来到英国以后，邻居住着一位英国的老太太，非常巧合的是，她竟然也是一个"奥斯汀迷"，于是又从她那里借来了CD，将影片《傲慢与偏见》《理智与情感》《爱玛》全部温习了一遍。

简·奥斯汀在英国文学史上具有极高的地位，人们甚至将她和莎士比亚并列，她的一生非常短暂，一共只留下6部作品，这对于一位名作家来说，也许算不上高产，但是她的作品篇篇精品，并且全部被改编为电影。她在作品中描写的爱情与婚姻让人着迷，现实、理智又充满浪漫。但是与此形成鲜明对照的是，写下了那么多感人的爱情故事，奥斯汀本人却一直未婚，最后死在了自己姐姐的怀里，令人嘘唏不已。

巴斯并不是简·奥斯汀的故乡，但是她在这里生活了5年，5年的时光成就了她的作品和她身后的声誉，却没有让她爱上这座城市，她离开这儿的心情是"啊，终于可以离开这里了！"也许这只是因为她那段不得不向现实妥协的

真爱。她选择了终生不嫁，把热情全部奉献给了创作。

不管奥斯汀喜不喜欢巴斯，巴斯人始终是把她作为他们的骄傲，并为她设立了纪念馆。每年都会有许多的游客慕名而来，买一本她的小说，在她的故居喝一喝下午茶，走她走过的街道，驻足于她流连过的橱窗，体会世事的美好和遗憾。200多年来，人们就这样阅读她、怀念她。巴斯人觉得还不够，后来又

小镇上随处可见美丽的橱窗

200多年前，奥斯汀是否她曾在这样的窗前驻足

设立了一个节日来纪念她,这就是一年一度的简·奥斯汀艺术节。你可以想象,那时整个小镇的人们都身着18世纪后期的服装,组成长长的队伍,在巴斯最繁华的街道进行游行和表演,似乎穿越回到了19世纪初期。多少年来,人们被她的文学作品深深影响,许多女性对于婚姻、爱情、家庭的观念都来自于简·奥斯汀的小说,她理应受到人们怀念和尊敬。

奥斯汀的故居位于盖尔街上,是一幢普通的住宅楼,临路是一扇小小的门,房子所在的街道还保持着200年前的面貌,古老而宁静,与主人典雅的性格也非常合拍。门口有一尊简·奥斯汀蜡像,穿着淡蓝色的长裙,戴着镶着花边和丝带的大沿女帽,典型的19世纪英国妇女的装束,她的目光望向远方,典雅而忧郁,纯粹的古典淑女的模样。我也附庸风雅一回,虔诚地与我最喜爱的这位英国女作家合影,希望能沾她一份灵气。

故居门口的简·奥斯汀蜡像

第3辑　博物馆、美术馆、名人故居篇

　　同行的伙伴们都去三层品尝英式下午茶去了，我则流连于一层的小商店，乐此不疲地欣赏满书架子的奥斯汀的书籍、满墙的影片招贴画、精巧的布艺小书签以及各种纪念品。

位于故居一层的纪念品商店，店员穿着复古的衣服

与奥斯汀有关的书籍、纪念书签、笔记本、画册、明信片等各种纪念品，每一件都令人爱不释手

巴斯是一个古朴、沧桑的小城，因为简·奥斯汀，而多了一些灵动和浪漫。离开巴斯的时候，已是夜幕初上，那湿湿的石板小巷悠长而安静，一盏盏暖暖的灯光亮起来，与天幕上的古黄色月牙遥遥相映，让人有些穿越时光的错觉。

悠长而安静的小巷

古朴的建筑、深邃的天幕、暖暖的灯光，让人恍若隔世

3.4 《格洛斯特的老裁缝》
——比·阿特丽克斯·波特博物馆

今天我要去拜访英国东南部的一座古城——格洛斯特市,它是格洛斯特郡的首府,位于塞文河下游东岸,伦敦西北151公里处。这座历史悠久、安静古朴的小城,原本一直默默无闻,但是后来因为格洛斯特大教堂两次被用作电影《哈利·波特》的取景地,而誉满天下。

著名的格洛斯特大教堂

《哈利·波特》电影中的霍格华兹魔法学校走廊

  与沧桑厚重的格洛斯特大教堂相比，这里还有一处令人着迷的风景，那就是比·阿特丽克斯·波特博物馆，许多人到这里寻找他们童年生活的影子，波特和她笔下那些可爱的动物们为古老的格洛斯特城增添了一抹活泼可爱的童话色彩。

  虽然刮着风，虽然下着雨，我还是背起背包，享受一个人的旅行。

  毛毛细雨不停歇地下着，雨滴落在身上、头发上，晶亮亮的，为寒冷的冬日旅程添了一些情趣。沿着这条狭长的湿湿的石板小巷悠然踱步，两边有许多漂亮的小店。远远地看见一个很有沧桑感的穹形石门，有几个年轻人在照相，走近，旁边是一个精致的小店，白色的墙壁，白色的方格门窗，透着暖暖的橘黄色的灯光，定睛细瞧，门楣上方的招牌上竟然画着——格洛斯特裁缝家的那只可爱的小老鼠。

第3辑 博物馆、美术馆、名人故居篇

悠深的石板小巷

童话小屋——比·阿特丽克斯·波特博物馆

书香英伦
——英国图书馆之旅

  原来这就是比·阿特丽克斯·波特博物馆（The World of Beatrix Potter），还记得小时候读过的童话故事《格洛斯特的老裁缝》吗？话说，格洛斯特市的老裁缝为市长缝制新婚礼服，布料剪裁得差不多了，可惜没有丝线了。老裁缝着急生病了，市长新婚之日临近，是谁在暗夜里帮助老裁缝完成了这件精妙绝伦的礼服？就是这只善良的小老鼠将裁缝从困境中解救出来，故事的背景就发生在这里哦。这个就是以童话作家、绘本作者比·阿特丽克斯·波特和她的童话故事为原型开设的特色博物馆和极具童话特色的小店，真是得来全不费功夫。

  如果你没看过《格洛斯特的老裁缝》，也没有关系，你一定知道彼得兔吧，小兔彼得、小猫汤姆、小猪布布，这些可爱的小动物，你都记得吗？这些都是波特小姐笔下的童话里的主人翁。100多年来，一直打动着全世界孩子们的心。

  步入童话般的小店，木制的斜坡屋顶，横梁上挂着古色古香的黑色金属框

依照童话故事的原貌打造的童话小屋

第3辑 博物馆、美术馆、名人故居篇

各种可爱的小挂件、小玩偶、小饰品

架的小小吊灯，电视里正在播放比·阿特丽克斯·波特的系列童话彼得兔的故事片，货架上琳琅满目全部都是可爱的小饰品，童话里的各个角色全部都能找到他们的踪迹，每一个都令人爱不释手。

　　我买下了门楣招牌上画的那只读书的小老鼠。为了找到这只小老鼠的包装盒，那个胖胖的店员趴到柜子底下，翻腾了半天，我反复说不必了，其他的包装材料也一样，只要稍加保护，不碰碎就行。但是店员还是锲而不舍，到最后还真找着了，欣喜之情溢于言表，这真让我感动。这种深深打动我的认真精神，又让我对这个国度、这个城市增添了莫名的好感。

　　从童话回到现实，2015 年，让这个小家伙陪伴我的读书时光吧。

爱读书的小老鼠

173

3.5 在艺术的长河中漫步
——威尔士国家美术馆

卡迪夫虽然是威尔士公国的首府，但是城市不大，也很紧凑，沿着城市主街道北行不远，便是威尔士国家博物馆和美术馆。

博物馆和艺术馆本身的建筑恢宏华美，钟楼、穹顶、廊柱、雕刻，这些充满艺术和灵感的元素，时而让你凝神驻足，时而让你流连惊呼。

从远古到现代，从历史到自然，博物馆琳琅满目的展览和展品绝对让你度过传奇的一天。美术馆更是一个艺术的宝库，除了如织的游人，还有许多年轻人来这里画画。这里收藏了欧洲 500 年来威尔士及世界各地最为宏伟的绘画作品、雕塑、银和陶制品，它也是欧洲最好的印象派作品收藏馆之一，据说，莫奈（Monet）、梵高（Van Gogh）的作品都有收藏，怎么样，名头够响亮吧。因为亲戚中有两个学画的小朋友，这几年耳濡目染，我也很喜欢看画展、逛画廊，真心地觉得，不一定非要用专业的眼光来欣赏这些艺术品，流连其中，静心享受这份高雅与美好，一定也是这些艺术家们想要给予我们的。

欣赏艺术，也不忘自己的主业，我把整个画廊里有关阅读主题的作品，全部用镜头记录下来，留着回去慢慢欣赏。这里挑出几幅，一起来欣赏一下吧。

还记得那位英国女画家格温·约翰（Gwen John）吗？前不久刚刚在利物浦步行者画廊买过一本 2015 年的台历"阅读中的女人"，第一个月的配画就是她的，也是那时才知道，格温·约翰是出生于威尔士的英国女画家，擅长肖像画和油画，她有许多以"女人与阅读"为主题的作品，如《在窗边读书的女

威尔士国家美术馆、博物馆

孩》《康复中的女孩》《姐姐温尼芙蕾》等。她本人与书在一起的自画像就更多了,我们能看到的就有 10 幅之多。她的画风格都非常一致：颜料稀薄,色彩素淡,画面平静和缓,人物温婉谦卑。有人评价,她的画节制、内敛,内心的欲望就像北方冬季的河流,平静而和缓。也是在利物浦步行者画廊了解到,在威尔士国家美术馆和苏格兰国家美术馆分别有她的两幅油画,当时就想着去这两个地方的时候,能有机会欣赏到她的画作真迹。今天在这里真的见到了,一眼就认出了她的画风。19 世纪的英国,在女性呼喊着要有一间自己的书房的时代,格温创作了这些以女性和阅读为题材的画作,她认为最好的生活就是和平、有序、沉静地生活在阴影之下。

《威廉姆斯夫人和她的孩子们》是英国著名肖像画家乔舒亚·雷诺兹（Joshua Reynolds）的作品,他也是英国 18 世纪后期最负盛名且颇具影响力

的历史肖像画家和艺术评论家，英国皇家美术学院的创办人。画中威廉姆斯夫人将目光从书中收起，温柔地投向她的三个孩子。与格温的画风不同，雷诺兹的肖像画具有一种"奶油般丰美"的华贵色彩，这种风格使雷诺兹的作品不同于同时代的任何画作——看上去像是在一束天光的投射下呈现出梦幻七彩般的高贵尊严和镇静沉着。

《绿皮书》是出生于爱丁堡的英国肖像画家哈罗德·骑士（Harold Knight）的作品，画家画笔细致精巧，尤其擅长画女性肖像。在这幅画像中，墙上的格子，插满鲜花的花壶、条纹床罩以及女人的衬衫，勾勒出一幅柔和、和谐的图画，阅读中的女人完全沉浸在书中的世界，显然没有意识到观众的存在，整个画面呈现出17世纪荷兰风格的场景，也有一种德国风格的优美。

这幅命名为《音乐》的青铜雕像，画面很唯美，是一个沉浸在音乐中的女孩，描述的却是一个出生在卡迪夫的雕刻家，她是一位女权运动者，为取得妇女参政权多次被入狱并在狱中绝食抗议。卡迪夫人民把她看作是自己的民族英雄，为她而做的雕像却和平而安宁，与她的人生经历形成强烈的对比。

《修女》

《威廉姆斯夫人和她的孩子们》

《绿皮书》　　　　　　　　　　　　　《音乐》

　　奥诺雷·杜米埃（Honoré Daumier）是一位世界上卓有影响的讽刺画画家。当然他的油画也气质非凡，画风独特，造型不求形似，只重视色块与形体的神似。他往往以棕色和粉红为基调，从文学名著和生活中选择表现题材，以批判的艺术眼光审视自己所创造的形象，他说过"要做一个自己时代的人"。他从1850年到1870年间以堂·吉诃德为主体，一共创作了29幅油画、49幅素描。

《阅读中的堂·吉诃德》

这幅《阅读中的堂·吉诃德》就是其中的一幅。寥寥数笔，连五官都省略掉了，绘出一个瘦骨伶仃的、令人怜悯的英雄，让人看过便难以忘记。

　　天才往往是孤独的。为了真理和正义，他一生坎坷，遭到过监禁、罚款，作品被销毁，难以谋生。1879年，生活穷困、几近失明的奥诺雷·杜米埃在借住的小屋中去世。他生前只有很少的绘画作品被出售，却留下了大量的创作

遗产，包括 4000 件石板油画、900 多件木刻、700 幅以上的油画水彩和素描以及 60 多件雕塑。杜米埃的出现把 19 世纪法国批判现实主义引向了高峰。他一生用他的艺术服务于人民，人们评价他是"一个正直而极具天赋的人""一位有信念的艺术家，一个真正的共和党人"。

整整一天的时间，我流连在威尔士国家美术馆内，沉浸在这艺术的殿堂之中，这真是一次奇妙的旅行，一次流动的、饶有情趣的阅读。"爱旅行，爱阅读"，我无法抵抗图书馆员这个职业带给我的幸福和愉悦，我想做的永远是：迈开双脚，奔向下一个书香驿站。

沉浸在艺术的殿堂、书的世界

3.6 游览有故事的风景
——英国的"国民信托"

Marian 是我在英国认识的一个朋友,以前是一位护士,现在退休了,经常做一些与慈善有关的公益活动,为人和善而且热心,她向我介绍了英国的"National Trust",并且带我去了附近的一个景点,让我对英国的"National Trust"有了一个直观的理解。

"National Trust"翻译成中文叫"国民信托"。它是一种依靠民间力量从事自然环境及历史文化环境保护的团体。它的保护方式主要是通过购置、接受大众捐献或以签订契约等方式获得财产,然后再给予保护和修复,并对社会大众开放这些财产。目前,全世界已经有近30个国家和地区建立了或正在建立这样的组织,如美国、加拿大、日本和中国台湾等。其中,成立最早、规模最大、组织结构最完善、覆盖面最广的,就是英国的国民信托。

英国作为世界上信托制度的发源国,其国民信托制度已经有超过100年的历史。它是1895年由三位英国维多利亚慈善义工发起设立的。他们担心英国快速而无控制的工业化会对环境产生广泛的不良影响,因而成立国民信托,以扮演监护者的角色,协助国家保护受损的海岸线、乡村地区以及历史古迹。目前国民信托受托管理25万公顷的乡村土地,总长度700英里的海岸线,超过200个花园与建筑物。英国国民信托为公益组织,与政府部门完全不相关,其主要的运作支持来自超过300万的会员以及其他的有关收入。凡是加入该组织的会员都可免费参观、访问这些财产。

"National Trust"在英国涵盖很多景点,这些景点实际上就是一些有钱人

的物质遗产，这些巨额遗产的继承和保护不是他们的后裔能够承担得起的，所以，就要依靠社会力量来完成。和老百姓息息相关的就是，有关人员把景点保护和修复得更美，来吸引大家掏钱观光旅游。这样，保护遗产有了资金保障，老百姓也有了更多的去处亲近大自然，一举两得。

刚来英国的人一般都不知道"National Trust"，这是因为，这些景点一般都在风景优美幽静的郊外，需要开车才能去，适合全家或朋友一起休闲，每个景点也会针对家庭和小朋友组织许多有趣的活动。周末或者节假日期间，"National Trust"的每一个景点都会有许多人去游玩，而针对外国人的旅游公司一般不会组织旅客到这里来，他们在有限的时间里更需要去了解伦敦、爱丁堡这样的著名景点，当然，这绝对是完全不同的两种风格，没有可比性。如果时间宽裕，不妨选择一处，体验一番。

"National Trust"有非常灵活的参观方式，你可以买年票，成为年度会员，这

已有1500年历史的老房子

样一年中去英国的任何一个"National Trust"都不用再花钱，也不限次数；有终身会员（就是买了终身票）；也有短期会员（比如买了月票）；也可以去一次，现场买这一次的票。当然，各个景点也都有免费开放的部分，随便看，不花钱。Marian 就是年度会员，她有时还会来这里做志愿者，所以停车也不花钱。

我们选择的地方叫"Baddesley Clinton"，这个小镇也拥有同一个名字，我想也许是因为这个名字，小镇才取了同样的名字吧？这期间又不知会有多少故事？一处风景名胜，常常因为有了这些传奇式的人物，变得更加丰富和生动。

一起跟随我的脚步，来看看这幢古老的房子和美丽的风景吧。

我们现在所看到的房子大部分都有1500多年的历史了，真的不敢相信它们被保护的这么好。这家的主人是一个知名律师，房子及其室内陈设大多由他设计建造。他的家族一直以他为骄傲。

房子建在一片水域之中，这小小的石桥也尽显岁月打磨的痕迹

房子周围美丽的风景

远处星星点点的都是可爱的羊儿

  房子周围是成片的草地和树木，放眼望去，丛林、绿地、蓝天、白云，让人心旷神怡。
  整个房子的主体建筑环在一个水域之中，我很担心这样会对房子的保护不利，但很显然我的担心是多余的，因为它们在水中已经站立1000多年了。

第3辑　博物馆、美术馆、名人故居篇

就这样站成一棵树，历经千年的时光，仍能与你相伴

人与自然的和谐相处，美到人心醉

书香英伦
英国图书馆之旅

主人的书房,到处都充满艺术气息,他有许多画家朋友,房间里挂满了油画,并且有专门的画室。装满书的简易书架,占据书房中的每一个角落。大大的落地书柜,非常精美、华丽,简直就是一座小型的图书馆。

书房中到处都是书架和书,这只雕刻繁复的老鹰是一个演讲台

我站在房间中央,凝视着这个高大华丽的落地书柜,书籍和爱读书的主人,是否是这个家庭能够兴旺并且不断传承的原因之一呢?

第3辑 博物馆、美术馆、名人故居篇

古老而保存完好的橡木家具

这个家具的年龄就写在它的脸上，那些白色的小图案都是用动物的骨头做成的，包括"1683"的字样。房间里这样的家具有好多，全部都是英国橡木做成的。

在英国的教堂里，我曾经见过许多美丽的彩色玻璃窗，而在家庭中，彩色的玻璃装饰比较少见，在这里，我看见整个房间充满了盾形图案的玻璃，色彩丰富，图案和花纹都非常考究，显示着房间主人不凡的人生。

窗户旁边雕刻的花纹以及玻璃上彩色的盾形图案

185

这两个物件儿你知道是什么吗？第一件是个带手摇把儿的圆形物品，我猜了两次，讲解员都笑着摇头说"No"，我的朋友也都猜不出来。第二件是两个外形奇特的家伙，静静地待在壁炉上方的搁板上，不断地有游客来猜它们叫什么名字，作什么用途，久猜不中之后，我喜欢上了上面那只古老的钟表，

这是干什么用的，你猜出来了吗？

这个又是什么呢？

多少个日日夜夜，它用滴滴答答的永不停歇的脚步，丈量着岁月的长度和深度，见证着历史的沧桑变迁。许多与我们息息相关的生活用品就这样一步一步演进而来，而现在的小朋友也只能从这样的地方了解有关知识，看一看它们曾经的模样。

岁月的痕迹刻画在每一块石头上，也留下了一个又一个动人的故事。虽是冬季，寒气逼人，但是小小的庭院内部的花园修整的非常考究，绿色的藤蔓爬满窗棂，鹅卵石铺成的小径，每一颗石子儿都经过认真挑选。

另一处院落是人们休闲的场所，有一间宽敞的咖啡厅和茶室，院子里也放置了许多桌椅，有太阳的天气，逛累了坐在这儿喝喝下午茶，是多么幸福的事情。当然你也可以逛逛旁边的小商品店，大部分都是环保产品。更令人惊讶的

满眼绿色、修整考究的内部花园

是，这里还有一个相当规模的二手书店，爱书的朋友可以在这里消磨一个下午的时光，说不定就能淘到喜欢的书籍呢。我买了一份1987年出版的二手英国地图，上面签有一个英国人的名字，有的破损的地方也被细心的裱好。我猜想这份地图的原主人也是一个爱旅行、爱读书的人吧，世界就是如此奇妙，我会带上这份地图继续我以后的旅程。

寒冷的天气，我们只好跑到室内去享受咖啡的味道

满满当当的二手书店

第 4 辑
闲趣与思考篇

书香 英伦
——英国图书馆之旅

4.1 镜头下，那些读书的身影

凡是到过英国的人，无不对英国人喜爱阅读的状况印象深刻。在英国，无论是在地铁、火车站还是公园、街头，经常能看到以各种姿态捧书阅读的身影。上班的路上、出差或者旅行，英国人总是喜欢在自己的行李中放上几本书，走到哪里看到哪里。如果你去英国人家里做客，客厅的一角总有一个小小的书架，上面放置一些经常阅读的图书。阅读，已经成为一种习惯，根植于英国人的日常生活中。

在英国的日子里，我对英国人读书的热情有了更直观的感受。读书，这些美好的姿态一次次进入我的镜头。

那是一个冬日的上午，我漫步在牛津街头。凛冽的寒风，阻挡不住人们的脚步，大家从世界各地来到这里，一睹世界顶尖学府的风采。在波得利图书馆高大的廊柱下面，我看到了一位读书的青年，他安静地坐在台阶上，书包放在脚边，戴着黑色的眼镜，手捧一本厚厚的杂志，完全无视身边过往的熙熙攘攘的人群，那种安静怡然、沉浸在阅读中的专注神情，立刻就打动了我。相对于图书馆内宽敞安静、舒适温暖的学习环境，这寒风中旁若无人的阅读，更是一道美丽的风景。

去格洛斯特的那天，一直下着小雨，我裹紧了衣服，竖起了大衣的领子，仍然难耐寒风夹着细雨的浸袭，整个人几乎都缩成了一团，当我看到星巴克的时候，立刻决定先来一杯热咖啡，暖和一下再说下面的行程。

推门而入的一刹那，那种温暖的气息直抵心底。我找了个靠窗户的位置坐

下来，一边欣赏着外面的街景和行人，一边感受着咖啡的香气袅袅升起。捧着咖啡杯的手渐渐暖起来，人也舒展多了，这才注意到对面的那位老者，他戴着厚厚的眼镜，白白的胡须，额头上的皱纹，雕刻着岁月的痕迹，一件休闲外套随意地搭在椅背上，一杯咖啡，伴着一份报纸，老人的目光久久没有从这份报纸上移开，这份淡定从容，似一股暖流，弥漫全身，我忽然感动岁月这般静好。知识不仅给人力量，还给人安全，给人幸福。

图书馆门前台阶上读书的青年

英国的火车站、地铁站，一般都有免费报纸可以取拿，在数字化浪潮席卷全球，手机阅读触手可及的情况下，英国人似乎对纸媒仍然情有独钟。在火车站等车的间隙，人们总是或站或坐，抓紧点滴时间用来读书看报。英国人有个非常好的习惯，看过的报纸，总是随手放在火车或者汽车的座位上，便于后面上车没有买报的人阅读。

的确，读书已经深入到英国

星巴克内悠然阅报的老人

书香英伦
——英国图书馆之旅

人的骨髓，书籍早已成为英国人生活中的重要组成部分。当然，这也和英国政府大力鼓励民众阅读有关。英国是公共图书馆利用率最高的国家之一，不仅数量众多，且功能齐全，所有想读书的人，不论家庭贫富，身份贵贱，年龄大小，都可以不花分文坐拥书城。据统计，整个英国的公立图书馆多达5000所，以伦敦为例，一共36个行政区，平均每个区有8个公立图书馆，因此，英国平均每一万居民就享有一个图书馆的图书资源。图书馆窗明几净，环境幽雅，藏书丰富，借阅方便，对所有人免费开放。

苏联作家布罗茨基曾说过："一个不读书的民族，是没有希望的民族。"要提高一个群体的素质，阅读是再好不过的路径，当然这不是一朝一夕的事情，但至少我们应当推崇这样一种状态：让书籍成为大家生活的伴侣，让读书成为整个社会的文化。

火车还没来，抓紧点滴时间读报

外面刮着风，下着雨，这个女孩心无旁骛地沉浸在自己的书世界

第4辑　闲趣与思考篇

在人流如织的伦敦优斯顿火车站，这位先生一直保持这样站立的姿态，聚精会神地读他的小说

在火车上读报已经成为一种习惯

阅读的姿态最美丽

座位上经常有读后留下的报纸

4.2 湖区之行：体验英国人家的生活

湖区是英国著名的旅游胜地，景色秀美，风光旖旎，曾入选世界上最值得去的 50 个地方之一。相信大家从网上能看到很多关于湖区美丽的湖光山色，关于湖畔诗人、关于彼得兔、关于铅笔的发源地等的介绍，今天避开这一切，只想跟大家谈一谈此次湖区之行，入住在当地英国人家的感受，相信这会更让大家感兴趣。

风光秀美的小村子——Pooley Bridge

3天的湖区之行，除了外出游玩，吃住都在当地的英国人家里，见到的是地地道道的英国人的生活。那么，英国人家里到底什么样？他们过怎样的生活？烧什么样的煤？喝什么样的水？

我们入住的村子名叫"Pooley Bridge"，风景美的一塌糊涂。这几天一直在下雨，所以没有阳光，也没有一团一团的白云，但是天空就像一幅水墨画，浓淡相宜，有草地，有鲜花，有森林，有小山，有羊群，有松鼠，有欢唱的鸟儿，总之，有各种你能想到的美好！

村口有一座古老的教堂名叫"St Paul's Church"，这也是当地居民的活动集会中心，你可以从它的外貌猜一下它的年龄，它在这里站立的岁月足够挑战你的想象力。更可贵的是，它一直都在使用中，外表厚重沧桑，室内温暖、明亮，就像村子里那些睿智、慈善、健康、可爱的老人，让你喜欢、亲近、敬重。

村口的老教堂——St Paul's Church

书香英伦
——英国图书馆之旅

来一张近景，这几天我们曾经在这里喝茶喝咖啡，品尝村子里的人们为我们做的各种美食甜点，和村民一起跳苏格兰舞蹈，体验他们的"Sunday Service"

再来一张侧影，周日的时候，我们亲手敲响了教堂古老的钟，钟声清韵、悠扬，不一会儿，村子里的人就陆续来到这里

教堂里面宽敞明亮，布置的也颇为现代，墙上有好多油画，画的都是当地的景色，是村子里的一位老奶奶画的。伯明翰大学的两名交换生住在她的家里，据说她的家里就像是一个画廊，各种精美的油画都出自老奶奶之手，琳琅满目的各式瓷器，令两位入住的小姑娘大开眼界。而随后两天，老奶奶做的各种美食，除了让我们大快朵颐，更是让我们不停地发出各种赞叹之声。

村子很小，仅有的一条主街道，是单行道，宽窄只能容一辆小轿车通过，其他都是乡间小路。与之形成强烈对比的是大片的森林、绿地，非常开阔。村子里 80% 的建筑都是老房子，随便一所房子都有几百年、上千年的历史了，有些建筑年代直接就嵌在墙壁上，在今天看来，有的房子已不够高大宽敞，窗户也不够明亮，但是没有改造，没有扩建，没有翻新，更没有推倒重建，他们安然地住着，鲜花和绿植围绕其中，在这里，对环境的保护已经深入到人们的生命深处。

油画的内容都是取材于当地景色

我入住的这家男主人叫 Alen，老两口都 75 岁了，同是伯明翰大学的高才生，一位学物理，一位学化学，退休后他们就住在这个村子里，为教堂做公益事业。两位老人已经携手走过 55 年的光阴岁月，他们之间的默契、恩爱、无微不致的关心，常常让我动容。

许多当地居民就住在这样童话般的房子里

这一条连椅，晴天的时候，两位老人或许经常会坐在这里休息，看看眼前的美景

看到窗子旁边那个像灯一样的东西吗，那个是给小鸟喂食的，女主人经常做些吃的放在里面，之所以悬在半空中，是为了防止小松鼠来抢食

雨雾渺渺，如诗如画的风景，美到人心醉

　　村子优美安静，主人家房子对面的风景，只隔一条小路，能看到远山、草地、绵羊。

　　英国人家里几乎都有壁炉，但是现在大多都是装饰作用，不用来取暖，而在 Alen 家里见到的壁炉，一直都是烧得旺旺的，桶里装的就是煤球。这种

从我住的二层房间的窗户往外看,美丽的田园风光尽收眼底,窗子干净的完全感觉不到它的存在

主人家的餐厅以及窗外的风景

客厅一角——壁炉。这是封住火的样子，回到家里后，把外面的罩子拿掉，用火钩捅捅，火很快就会烧起来

煤球是椭圆形的，很干净，你可以直接用手拿，不会留下一点痕迹，完全颠覆了我印象中煤球的概念，我甚至觉得它们更像一个一个的玩具。地毯、墙壁、家具都异常地干净，没有一点灰尘。当然，这种煤球也非常贵，问题是他们也没有便宜的，所有烧的煤都是洗干净的。他们也在煤球上面放一两块木头，外面就是森林，树木应有尽有，但是每家每年只能砍一棵树，他们会把这一棵树截成一段一段的码好。没有人会乱砍滥伐，也没有人会多砍多伐，所有的人都爱自然爱环境，才会有美丽的家园。只有客厅里的壁炉烧煤或木柴，其他房间的暖气都是烧天然气，当然这只是冬天，为了节约能源，其他季节都用太阳能。

3天的湖区之行，印象之深刻无法一一表述，优美就不用说了，干净的程度更让人震撼，空气非常洁净。尽管一直在下雨，但是我们在雨里走，特别喜欢时不时就深深地吸一口气，凉凉的，沁人心脾。水干净到什么程度呢，小河

加装了太阳能以后的屋顶，在屋子的背面，安装非常精细，远处基本看不出来，不会影响风景的优美程度，我也是在主人介绍了以后才注意到的

　　无论深浅，全都清澈见底，家里的自来水龙头拧开就能喝。我们住的这个小村子常住居民只有160人，但是夏季旅游季节游客可达到4000多人。村子里大多是老年人，这里就是世外桃源。我们住的那家两位老人都75岁了，但是身体硬朗，耳聪目明，思维敏捷，每日开车接送我们，负责我们的早午餐，还负责我们整个团队的晚餐、活动安排，负责整个教堂的事务。很多食物都是就地取材，比如草莓酱就是女主人在自己的花园里采摘的草莓，然后自己加工做成，食物的品质非常好。

　　湖区之行享受的都是美好，景美人美，但是再美也是人家的，我们只是一个过客而已。希望我们的国家会越来越好，我们也能呼吸干净的空气，喝清洁的水，吃健康的食物，不知道这样的心愿什么时候能实现。但是力所能及地做我们自己能做的事情，每个人都如此，这样的生活还会远吗？

第4辑　闲趣与思考篇

与房东 Alen 夫妇在一起

4.3 英国社区图书馆见闻与思考

英国是世界上图书馆事业开展最早的国家之一，也是公共图书馆利用率最高的国家之一，一直引领着图书馆事业先进的发展方向。有缘能够来英国，到图书馆转一转，看一看，亲身体验一番，是我最想做的事情，比去任何著名景点都重要，都值得。

我始终认为，社区图书馆的发展状况，在很大程度上是衡量一个国家或地区图书馆事业发展的一个重要标志。建一个或几个奢华、现代的图书馆并不难，但是如果让千千万万个社区图书馆成为公众必需的生活场景，却不是一件

从任何一个点出发，四面八方都是星罗棋布的图书馆

容易的事情。

为了体验英国社区图书馆的实际状况，我以我居住的地点为中心，将附近的社区图书馆在地图上全部标出来，点亮的图标像满天的繁星，不仅数量众多，而且疏密有加，竟然变成了一幅很美的图画。我从中找出6家步行50分钟以内的图书馆，计划实际考察一番，以起到窥一斑而知全身的效果。它们分别是：Selly Oak Library、Harborne Library、Weoley Castle Library、Kings Heath Library、Northfield Library、Strichley Library。这次用了5天的时间完成的图书馆之旅，不但没让我失望，反而时时给我惊喜、给我愉悦，给我冬日里的温暖。

图书馆都在每个镇或者区的中心区域，我一般都是在手机上规划好路线，再加上英国特色的路牌和路标，很容易就能找到，几乎没有问过路。这些图书馆的建筑都各有特色，大多都是古色古香的老建筑，红砖灰瓦，非常令人愉悦。无论规模大小，所有的图书馆全部使用自动门，请你想象一下，

像城堡一样的小小图书馆：Weoley Castle Library

书香英伦
——英国图书馆之旅

当你走到图书馆门前,还没来得及推门而入时,自动门快速而安静地打开,一副敞开怀抱欢迎你的情景,你是否会有几分愉悦的感觉?使用自动门确实方便人们进出,当然更方便老人、孩子、推婴儿车的父母以及行动不方便的残疾人进出。英国的图书馆大门,永远都建在地面一层,人们不用对着高高的台阶望而生畏。如果因为地势的原因门前有几级台阶,那么台阶的另一个方向一定会是坡道。社会的文明程度有时就体现在对弱势群体的点滴关怀上。

社区图书馆大都有独立馆舍,二至三层为多,每层都是大开间式结构,既

建于1905年的Strichley Library,红砖的墙壁,蓝色的门窗,古朴典雅。门前右边是两级台阶,左边是斜坡

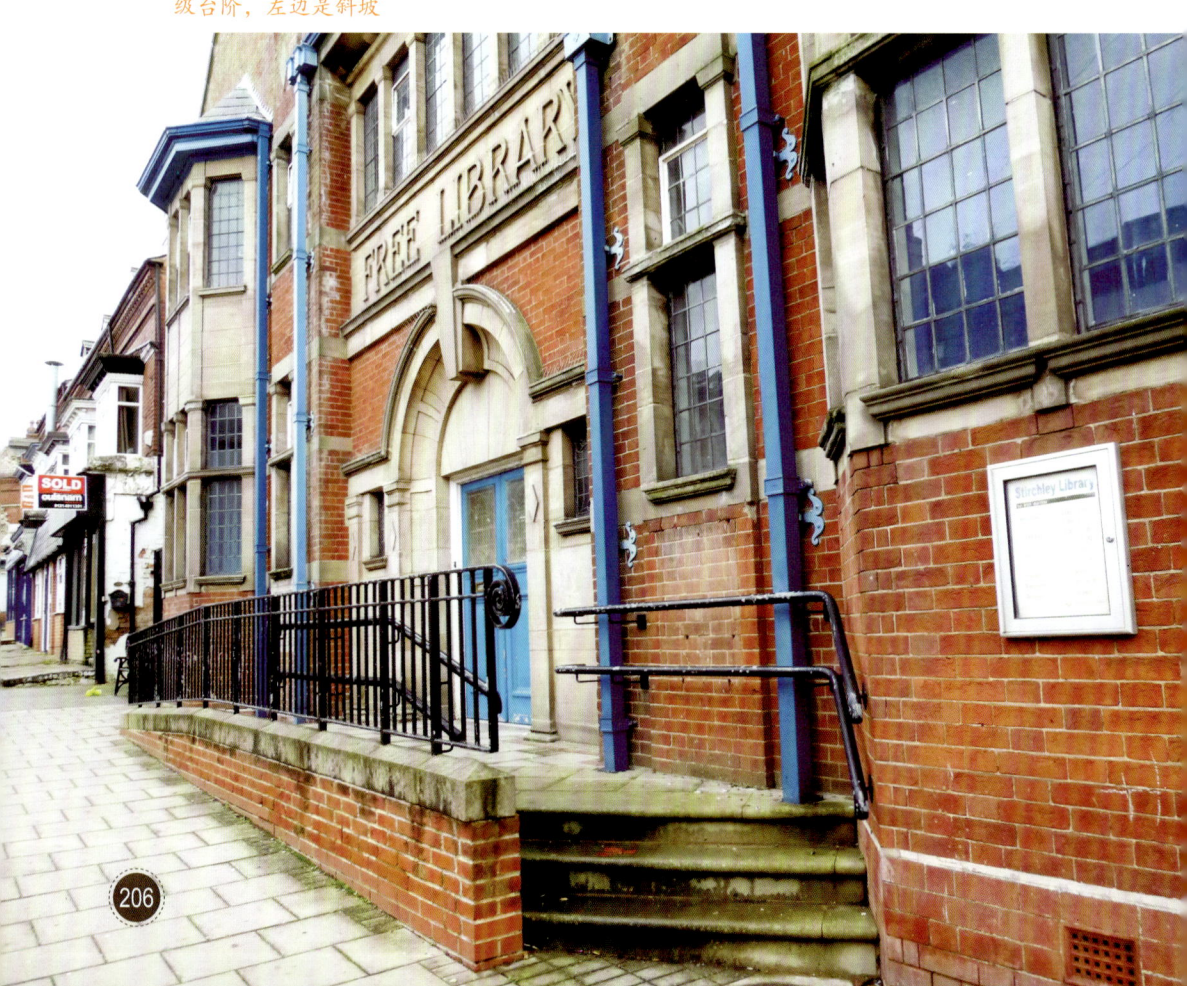

第4辑 闲趣与思考篇

健康类图书专架

方便读者借阅，又节约人力，便于管理。纸质藏书平均在六七万册，内容以小说、社科、艺术、健康、生活等为主，一般都会有继续教育专架、健康专架、社区信息专架。这里的音像制品也非常多，电影、音乐、语言学习应有尽有。英国是一个对版权保护非常严格的国家，图书和音像制品都比较贵，免费的社区图书馆可以让市民不花分文而坐拥书城。

成人阅读区一般占据中心位置，书架的摆放比较密集，在书架之间会根据情况摆放阅览桌椅。有些转角的空闲处也会见缝插针放一把阅览椅。每个书架的尽头一般会放置可以转动的推荐书架，通常都是借阅率比较高的书籍。我注意到有一种用纸质的包装箱改成的展示架，初次看到时我感到非常新奇，有些旧物利用的感觉，在另外的图书馆里再见到时我总是会心一笑，脑海中浮现出的是图书馆员超级有爱的形象。每个图书馆都会有十几台多少不等的

阅览桌上摆放着当天的报纸

阅览桌椅根据空间大小灵活摆放

第4辑　闲趣与思考篇

只能放下一把椅子的小小空间，也总是坐着专注阅读的读者

电脑，供人们上网、查资料或者写东西，这些座位大都设在窗前，与阅读区的读者互不干扰。自助借还机通常设在进门的显眼位置，读者可以自己办理借阅手续，也可以去接待台找工作人员办理。复印机、打印机因地制宜，各归其位，这些设备数量不多，但利用率很高。只要是读者经常用到的，就是图书馆必备的，真可谓麻雀虽小，五脏俱全。

和一些大的公共图书馆全天开放不一样的是，社区图书馆的开放时间各不

书香英伦
——英国图书馆之旅

每个书架边上都放着简易的推荐书架，空间被最大程度利用。看到那些颜色各异用纸箱改成的的展示架了吗？

上网区一般都设置在靠窗户的位置，也是上座率最高的区域

每一寸空间都被高效利用，复印机只能见缝插针被放置在这儿

自助借还机上面也放满了宣传手册，"Help us to help you"的标语随处可见

开放时间会清晰的标注在图书馆大门的旁边

相同，一般每周开放 3~4 天，大约在 40 个小时以上，大门口会明确标出开放时间，网上也可以便捷的查到，馆里也有便笺印有每周的开放时间随便取拿，我第一次去 Kings Heatu 图书馆时就没有开馆，后来每去一个地方，我都会先在网上查询当地图书馆的开馆时间。

都说在英国图书馆办借阅证非常方便。这次我可以亲身体验一把。在离我最近的 Selly Oak 图书馆，我第一次去的时候，并不确定没有借书证是否可以自由进出，当我向工作人员咨询时，她给了我一个大大的笑脸和一句极为夸张的"Yes"，让我一下子消除了拘谨和陌生的感觉。当她得知我来自中国时，热情地告诉我中文图书的位置，在这个小镇的图书馆里能看到这么多中文书也让我备感亲切。英国是一个多民族的移民国家，每个图书馆都根据当地的居民特点收藏一些多语言的图书。离开图书馆的时候，工作人员看了我的护照，然后填了一张带有简单个人信息的表格后，就为我办好了一张借书证，并且告诉

第4辑 闲趣与思考篇

我在 Selly Oak 图书馆办理的借书证以及借到的第一本中文书

我，每次可以借3本书，下次再来时记得带一张房租、电费、水费等单据，就可以增加权限，每次可借10本书，可以在任何一家图书馆借还。在以后的日子里，我就曾多次在伯明翰图书馆和 Selly Oak 图书馆借还图书。虽然是电脑借阅，但工作人员还是会在书前面的便条上盖上日期章，便于读者知道哪天应该还书了，不要过期。我有时候特别喜欢书中的这些印记，喜欢看这些陌生的名字，看他们哪一天借了此书，哪一天又还上了。试想，大千世界，于千万人之中，我们有同样的兴

沿用了多年的借阅流程，这样的借还书日期的印戳越来越少了，取而代之的是自助借还时机器打印的借还书日期收条

213

趣，读着同一本书，这是多么有趣而神奇的事情。

英国的公共图书馆无论规模大小，一定会设有儿童图书馆或者儿童阅览活动室，大一点儿的图书馆还会有青少年阅览室，供学龄儿童借阅或者完成作业。儿童活动区大多环境舒适活泼，设施齐全，有专为儿童量身打造的书架、桌椅。当然儿童图书资源也非常丰富。不同阶段的儿童都能根据自己的年龄层次和阅读水平找到适合自己的书籍。比如，适合低幼儿童阅读的有厚板书、折叠书、布艺书、立体书等，音像资源有影视作品、有声读物、音乐作品，益智玩具有小汽车、拼图、积木等。每个图书馆都有针对低龄儿童举办的"Story Time"或者"Book Time"等活动，鼓励父母带着孩子到当地的图书馆参加活动，内容包括学习儿歌、阅读故事、制作手工等，以提高孩子们的语言能力，促进其智力发展。我就很喜欢参加 Selly Oak 图书馆举办的活动；一来可以观摩他们的婴幼儿阅读活动；二来可以练习我的英语听力，因为图书馆员在讲故

儿童图书阅览室一角

"Book Time" 活动宣传单

事的时候，发音清晰、语速适中，故事又非常有趣。每周的这个时间我会停下其他的事情，专门去参加活动，见到熟悉的小朋友的家长都会像老朋友一样笑着打招呼。我的几个访问学者朋友在我的带动下，也经常带着孩子去当地图书馆参加活动，孩子们在一起读书、做游戏，这些来自不同国家的家长们则在一起聊天、交流育儿经验。

我有一个刚到英国的中国朋友Dora，她的小宝贝3岁了，在国内一直由奶奶照看，初到英国后非常不习惯与其他小朋友一起玩，第一天去幼儿园就打遍了全班小朋友。Dora非常苦恼，我对她说为什么不带他去图书馆参加活动呢？那里的环境好，有图书，有玩具，有讲故事的老师，还可以做游戏、唱儿歌、做手工，没准他会喜欢呢？这一招果然很奏效，这个小宝贝的规则意识、与小朋友的合作意识、阅读意识等都从图书馆起步，现在特别喜欢去图书馆看图画书，听故事，与小朋友一起玩。"养成并强化儿童早期的阅读习惯"不就是公共图书馆的主要使命之一吗？能够将儿童阅读活动作为一项基础业务和常规活动，长期、持续有效地举行，并成为孩子和家长自然而然的行动，这需要多方面长久的努力，值得我们学习。

不仅是儿童图书馆普遍受到欢迎，英国的公共图书馆也是当地居民的社区活动中心，图书馆通常会有专门的社区信息馆藏书架，有关社区信息可以很方便查找到，那些信息栏、墙壁上的广告板都给我留下了深刻的印象，手册、宣传单琳琅满目，几乎汇集了整个地区各种活动的宣传信息，同时开展各种各样

社区信息专架，有许多关于求职的图书和期刊

第4辑 闲趣与思考篇

墙上的广告板

两道门之间的走廊区域被布置成信息服务区

217

各种终身学习、继续教育的信息

的社区信息服务,"帮助个人或团体解决日常问题、参与民主进程的服务,重点解决人们所面临的至关重要的问题,即与其家庭、职业、权利有关的问题。"因此,在这里,健康、求职、生活技能、继续教育、音乐会、展览、旅游、报告、讲座、甚至电话号码、公交车站点时间、房屋信息都一应俱全,让你感受到整个社区脉博的跳动。这也难怪,在英国经济遭遇困难的今天,他们想关闭任何一家图书馆,都会慎之又慎,社区图书馆已经与当地民众建立了紧密的联系,已经融入了他们的日常生活,可见英国公共图书馆在英国的地位。

图书馆的地方历史展览也引起了我极大的兴趣,我发现每个图书馆都会辟有专门的区域,来收藏不同时期本地的文献资源、视听资源、地图、反映地方历史的文物及作品,这对于大力宣传地方特色资源和历史文化非常有益。用图片的形式展示本地区的社会、经济、文化发展过程,朴实而活泼,易于接受。

"Selly Oak Library"有关地方资源的专架和关于小镇历史的图片展

我就是在 Selly Oak 图书馆了解了这个小镇名字的由来。在介绍本地情况的一本图集里，我甚至看到了这个小镇垃圾箱的几种类型、道路的铺设花样，以及它们的设计理念等，以后再看到街头的垃圾箱或者在小街行走，我竟然有了一种格外亲切的感觉。

在数字化时代，人们可以随处上网，也可以在家中或其他场所阅读，为什么还愿意到图书馆来？大概是因为图书馆创造了一种独特环境和氛围供人们交流与共享。图书馆已经成了人们的精神家园。

法国作家尚塔尔·托马曾经说过，"如果我去旅行，那么参观图书馆就是一次旅行中的另外一次旅行。因为图书馆本身就是一个景区，是惊讶、新发现一连串的意外之地，是幸福的神秘之旅"。

是的，有谁会不喜欢图书馆呢？

Wesley's Rural Roots

Fiction

书架上方的墙壁被用作地方历史图片展览

4.4 英国大学图书馆考察及启示

读万卷书，行万里路。

通信和交通的日益发达，让我们有很多机会能够背起行囊，欣赏行走中的风景。

短暂的英伦时光，我走过十几个大学校园，无一例外都参观了这些学校的图书馆，虽然大多数仅仅是走马观花式的参观，但是能够身临其境，近距离的观察与体验，仍然有许多的收获和启发。

（1）建筑特点体现图书馆先进的服务理念。英国的图书馆建筑从外形上看，大都朴实无华，很少有高层建筑，一般三至五层。在我到过的这些大学中，图书馆无一例外都是校园的标志性建筑，既有百年老建筑，也有近年来新建或者经过改建扩建的。比如，谢菲尔德哈勒姆大学学习中心、谢菲尔德大学IC中心，就是近几年刚刚建成的具有先进理念的大学馆；而莱斯特大学图书馆、阿斯顿大学图书馆、谢菲尔德大学威斯顿畔图书馆则是在原旧馆基础上投入大量资金改建、扩建而来。新建或者改建扩建后的图书馆，环境宽敞、明亮、宁静、温馨，在功能区域的分布上，全部实行开放式的、无固定隔断墙的大开间设计方式，这样的设计能够方便图书馆组织馆藏、展现馆藏，也使读者与图书馆员之间的联系更加接近、密切，不但空间的利用更加合理有效，而且能显著提高工作效率，降低人力成本，方便读者借阅。反观国内，近年来每年都有许多新建馆和扩建馆，面积越来越大，不断刷新单体建筑的纪录，看起来非常华丽震撼，但是在面积使用上却存在着相当大的浪费，门前高高的台

阶，常常令人望而生畏；室内高大宽敞的大厅，占去了很大的面积；室内的布局不符合图书馆的工作流程和专业特点，也难怪有馆长守着楼层高、面积大的新馆，却发出"不好用"的感慨。相比之下，我们需要更多的既懂建筑设计，又熟悉图书馆工作特点的专业设计人才，在设计建造之初就能更多地考虑日后图书馆的布局和运转，让新建或改建的每一座图书馆都能成为百年大计的建筑。

（2）便捷的自助式服务。建筑和布局的开放型风格，使读者利用图书馆极其方便。读者进入图书馆无需存包，馆内任何地方都可以有免费的Wi-Fi上网，读者既可以使用自己的账号自行登录馆内的计算机，也可以自带笔记本电脑，阅览桌或墙壁上都会有电源插座。图书馆的基础服务，如借书、还书、预约、查询、打印、复印等全部实行自助化服务，读者可以选择任何一台计算机自己办理手续，方便快捷，免去了排队等候的不便。图书馆员也从基础服务中解放出来，用更多的精力负责后台技术、馆藏组织、解答咨询、提供深度个性化服务等。

（3）良好的学习设施。英国的大学图书馆，借还书仅仅是其众多服务中的一个环节，更多的读者把它作为自己的学习中心、研究中心、研讨中心、创新中心，图书馆也顺应读者的要求，满足读者的各种需要，配备不同的设施，从而成为良好的学习场所。一般来说，安静学习区是资源比较密集的区域，不论图书、期刊还是工具书均一起按学科分类排架，只阅览不外借的期刊或工具书被用特殊颜色的标签显著地标示出来，而书架中间或者一侧会设置有相对独立的学习座位，这里需要保持绝对安静。而在其他区域，则要宽松很多，各种型状、组合的沙发、休闲桌椅会更多一些，读者可以小声讲话或交流。此外，图书馆还会有数量不等的专供小组讨论交流的房间，配备计算机、投影仪等设施，需要提前预约使用，英国教学中要求小组作业、团队作业的非常多，所以这些区域特别受学生欢迎。近年来，许多国内图书馆也紧跟形势，提供了一些研讨小间，但据我了解到的信息，在一些非重点院校的图书馆，这些

研讨小间并没有受到如此欢迎，学生们使用图书馆大部分是为了升本、考研，而非"小组讨论式学习"。可见，图书馆的服务和教学方法、教学模式的改革密切相关。

（4）细节服务彰显品质。行走在英国的大学校园特别是图书馆中，常常会被许多细节所打动，事情虽小，却折射出高品质的服务理念。比如以下几点：全世界的图书馆都是消防安全的重点单位，英国图书馆也不例外。英国高校馆对消防器材的放置大致一样，两大一小的灭火器为一组，挂在各个入口处的稍微离开地面的墙上，整齐统一而又方便拿取，使用方法的说明简单形象；垃圾箱数量密集，型号较大，里面套有干净的塑料袋，放在读者较易经过的位置；一般图书馆入口处都设有咖啡厅，供应简餐和饮料，也会有自助售卖机，读者学习累了饿了，无论任何时间，只需投币就可以买到三明治、汉堡、可乐等食物补充能量；图书馆的信息栏也非常强大，每层楼读者都可随手取得介绍如何利用图书馆的各种小册子和宣传资料，以帮助读者更充分地利用图书馆的信息及一些服务项目，如如何进行馆际互借，我要借的书图书馆没有该怎么办，如何使用公共联机检索系统，等等，这些小册子很多，讲解得很细，步骤很清楚，让读者一目了然。

（5）超长开馆时间。英国高校图书馆一般都实现了24小时开馆或者至少在期末考试期间24小时开馆，学生可以在图书馆挑灯夜战，这也是最得学生们称赞的服务措施。谢菲尔德大学IC中心每周7天全年365天每天24小时开馆，一年仅圣诞节休息两天，更令人称奇的是，这栋楼高七层的现代化图书馆，全馆仅15名工作人员，工作流程之优化，效率之高，服务之好，令人折服。而阿斯顿大学图书馆、伯明翰大学主图书馆也都应学生的要求，不断延长服务时间，目前都实现了24小时开馆服务。这一项服务的背后，凝结的是一切方便读者的服务理念，以及更多辛苦付出和细节的准备。

（6）学科服务深入教学和课堂一线。英国的员工队伍非常精炼，能用兼职的不会用全职，能少用一个不会多一个人混事。英国的图书馆界也是这样。

一般来说，上架、排架等工作会有兼职馆员来做，而技术、资源建设、读者服务则会有专职馆员来做。在机构设置、人员队伍非常精简的情况下，英国高校图书馆普遍在学科服务方面投入的相对较多的人力物力，这也是适应数字化网络化的信息环境对图书馆服务的冲击而做出的应对。比如阿斯顿大学图书馆的学科馆员达到15人之多，占全馆总人数的30%，且全部为正高职称，可以说集中了全馆最优质的力量。学科馆员的任务是院系学科联络、馆藏建设、参考咨询、教学培训等，其中有关学科文献的订购、检索服务和咨询服务是其重要内容，他们有一半的工作时间要在院系教学一线，围绕课程教学与学习提供特色服务，包括教学准备服务、技术帮助、课程网站建设、教参资料的保留和获取、学生研究作业、项目内容设计等，学科服务也成了推动图书馆服务转型的重要途径，喻示着从传统的信息服务向深度嵌入的知识服务的转型。

（7）除了这些一流的服务让人印象深刻，图书馆高素质的读者也值得我们称赞。图书馆整洁、干净、有序，与读者的自觉保持密切相关。另外，只要进了图书馆的大门，大家都能自觉保持最基本的安静，即使在研讨区、休息区或者咖啡吧，大家也都低声交流，我没有在任何一家图书馆见到有高声交谈或者大声打电话的现象。有一次，我在伯明翰大学图书馆碰到一位读者正在书架间找书，我小声问了她几个问题，她立刻将我领到走廊的区域，对我耐心解答，并且告诉我，刚才在安静区，会影响到其他同学学习，没有办法回答我的问题。英国图书馆允许带包入内，有些区域也允许带饮料和食品入内，但是大家都自觉将垃圾入箱，保持环境整洁，离开时，很自然地将个人用品随身带走，将椅子归位，我没有见过读者用自己的书本、书包或个人用品占座的现象。而在国内不少图书馆，都对读者大声喧哗、用各种物品堆放在座位上占位的现象头疼不已，曾经也有图书馆学习国外的理念，在雨天为读者免费提供雨伞，结果全部被一洗而空，无一归还。和谐、文明的阅览环境需要多方的长久努力，无论从哪个方面，我们需要做的还有很多。

以上几点是我在走访英国大学图书馆时的一些共同的感受和启发，大多数是从读者服务的角度来谈的，而所到之处的图书馆在人事制度管理、资源建设、读者培训等方面也有独到的先进做法，希望日后能加以深度梳理，和大家共享，以借他山之石，改进我们的服务。

参考文献

［1］俞德风．英国大学图书馆管理与服务及给我们的启示［J］．新世纪图书馆，2003（2）：72-74.

［2］赵涟漪，宁业高．英国大学图书馆管理模式探析［J］．大学图书馆学报，2003（3）：90-92

［3］伯明翰大学 - University of Birmingham［EB/OL］．［2015-03-02］．http：//www.birmingham.com.cn/.

［4］https://intranet.birmingham.ac.uk/as/libraryservices/library/index.aspx.

［5］候雨蒙．探析图书馆中"光滑空间"的营造——以英国谢菲尔德大学新旧两座图书馆为例［J］．城市建筑．2014（10）：31-33.

［6］李伟超.英国谢菲尔德大学图书馆IC建设研究［J］．图书馆研究，2011（18）：76-80

［7］陈大广．应用技术大学图书馆建设思考——以南宁学院图书馆为例［J］．大学图书馆学报，2014（3）：56-59.

［8］曲殿彬，赵玉石．地方本科高校转型发展的问题与应对［J］．中国高等教育，2014（12）：25-28.

［9］Facts & figures-graduate employability［EB/OL］．［2014-12-29］．http：//www.aston.ac.uk/study/graduate-employability/facts-figures/.

［10］刘炜，周德明．从被颠覆到颠覆者：未来十年图书馆技术应用趋势前瞻［J］．图书馆杂志，2015（1）：4-12.

［11］童薇薇．数字时代，图书馆更是诺亚方舟［N/OL］．文汇报．2015

年 2 月 11 日［2015-03-15］. http: wenhui.news365.com.cn/html2015-2/11/content_59.htm.

［12］王丽萍. 美国高校图书馆的转型与创新——基于在美国的访学感受和体验［J］. 图书与情报, 2014（3）: 92-96.

［13］韩丽风. 英国拉夫堡大学图书馆特色及其对我们的启示［J］. 图书馆杂志, 2004（2）: 53-56.

［14］叶兰. 国外大学图书馆变革的新动向及其启示［J］. 图书馆论坛, 2013（6）: 38-43.

［15］李树魁, 孙玲玲, 刘晴等. 近十年我国新建本科院校图书馆研究综述［J］. 现代情报, 2012（10）: 174-177.

［16］刘欣. 英国阿斯顿大学图书馆的转型创新及其启示［J］. 农业图书情报学刊, 2015（8）: 108-111.

［17］莱斯特大学图书馆［EB/OL］.［2015-03-15］. http: //blog.renren.com/share/115226903/667379129.

［18］Mecanoo Architecten, 艾悠. 人民的宫殿 英国新伯明翰图书馆［J］. 室内设计与装修, 2013（11）: 62-69.

［19］林迪慧. 身披霞衣的超级图书馆英国伯明翰图书馆［J］. 绿色环保建材, 2014（10）: 61-87.

［20］黄群庆. 领略伯明翰图书馆的新风采——兼谈国际图联公共图书馆卫星会议［J］. 公共图书馆, 2014（4）: 52-54.

［21］程亚南. 流动的风景［M］. 北京: 北京图书馆出版社, 2006.

［22］胡群. 走进英国［M］. 北京: 中国水利水电出版社, 2007.

［23］（英）亨利·詹姆斯著; 蒲隆译. 英国风情［M］. 北京: 东方出版社, 2005.

［24］刘志伟. 行走英国［M］. 北京: 中国工人出版社, 2008.

［25］郝敏, 蒋芳, 刘顺宇. 从动作理念看今日英国公共图书馆［J］. 图

书情报论坛，2006（3）：30-34.

［26］吴银燕，周永红. 英国公共图书馆儿童服务的发展及启示［J］. 河南图书馆学刊，2015（4）：124-126.

［27］鞠英杰. 英国公共图书馆事业［J］. 图书馆建设，2004（6）：77-79.

［28］贾冬梅. 给力的英国图书馆［J］. 新东方英语（大学版），2011（5）：64-65.

［29］王姣，英国大学图书馆管理和服务模式探析［J］. 商业文化，2010（7）：333-334.

［30］张娅群，史力健. 英国图书馆见闻［J］. 科技人才市场，1996（10）：53-54.

［31］朱万忠. 从我所见到的英国几所大学图书馆谈图书馆建筑与布局［J］. 河北科技图苑. 1997（4）：18-21.

［32］孟祥凤. 高校图书馆新馆建设争议［J］. 河南图书馆学刊，2014（2）：43-45.

［33］朱强，张红扬，刘素清等. 感觉变革 探访未来——美国三所著名大学图书馆考察报告［J］. 大学图书馆学报，2012（2）：5-12.

［34］刘欣，我国嵌入式学科服务研究现状及发展趋势分析［J］. 情报探索，2015，（7）：47-50.

［35］黄忠顺. 比较视野中的精炼、务实与永续之美——以台北科技大学图书馆为中心的比照［J］. 图书馆论坛，2015（9）：107-112.

［36］（法）让-马里·古勒莫著；孙圣英译. 图书馆之恋［M］. 上海：华东师范大学出版社，2010.

后　　记

从来没有想过，会有这么一段时间与英伦有关。当我以一个图书馆员的身份，踏上英伦这片土地的时候，我格外珍惜这个来之不易的机会。在学习之余，我所有的旅程几乎都与图书馆有关。当我穿行于英国的大城小镇的时候，我最渴望的就是去当地的图书馆转转。事实上，图书馆之旅总能给我意外的惊喜，总能让我心情愉悦。一张张图片，一串串故事，让我孤寂的访学时光充满了情趣和活力。

将这些经历变成文字，我要感谢许多人。

首先要感谢圕人堂QQ群和群主图谋老师。圕人堂是图书馆及图书馆学相关人员的交流群。该群开展了"镜头下的图书馆模样"主题活动，面向群成员征集图书馆照片，目的是为了让群成员走近/进图书馆，更好地了解图书馆、关注图书馆，同时希望有助于促进图书馆间的"共知共建共享"。群相册"镜头下的图书馆模样"，用来上传各位群友到过的图书馆的照片，我觉得这个活动非常有趣，对自己的工作也有很多启发，于是也挑了一些国外图书馆的照片上传到群相册中，没想到大家非常感兴趣。但是群相册毕竟受空间以及文字的限制，对大多数没有机会了解国外图书馆的人，他们需要更多的信息。于是图谋老师建议我将这些经历整理成文字，作为专题发到科学网博客平台上，与大家分享。起初我有些担心，自己笨拙的文字、蜻蜓点水式的参观访问体验，是否会有负群友的厚望，图谋一再鼓励，提了很多建议，这才有了"书香英伦"系列的博文连载。

在我回国的最初两个月里，结束了一天的工作之后，我就坐在电脑前，整理在英国走访图书馆时的照片，回忆曾经的时光，将那些奔走串成文字，与大

家分享。短短两个月的时间，连载 25 篇博文，其中 12 篇被科学网加为精华帖，点击率超过 5 万人次，更有不少群友私下交流，探讨国外图书馆的布局、服务理念等专业问题，希望获得更多的图片和信息。这时图谋老师又提议，不如把这些文字和图片再深度整理一下，出一本书，图文并茂，效果应该更好。我也认为这是极有意义的一件事，于是，一个暑假，在极炎热的天气里，我端坐书房，几乎闭门不出，沉浸在美好而清凉的文字里面。

感谢王波老师。知道王波老师的大名非常早，我看过王波老师博客上的每一篇博文，买过王波老师出版的每一本书，非常仰慕王波老师的才华，更敬佩他对图书馆事业的执着追求。当我抱着试试看的心态，发去我的书稿并邀其作序时，王波老师欣然应允，认真地读了书稿，并与我探讨了其中的一些现象和问题；又数次与我联系，核对具体数据以及案例，写来了洋洋洒洒一大篇序，画龙点睛式地点评了本书，并分享了他的感悟和思考。这种认真严谨的精神、清晰深刻的表达、优美细腻的语言，令我深深地感动和敬佩。

感谢我的大哥。大哥一直是我求学路上的榜样，从一所地方院校的专科生，一路读到博士毕业，到今天成为山东省医学科学院学生们爱戴的导师，他书写了无数的传奇。大哥对待学业、事业忘情投入、执着无悔的精神一直鼓励我前行。当大哥听说我要把访学的经历写成书时，他以极为夸张的赞扬鼓励我，让我得以保持自信，坚持写作。当我的书稿即将完成时，大哥比他自己申请成功了国家级科研项目、获得科技进步二等奖还要高兴，以极快的速度为我写序，给予我莫大的信心和鼓舞。

感谢我的家人，他们是我最温暖的后方。感谢多年来一直关心我、支持我的朋友。感谢那些在旅途中遇到的图书馆以及图书馆里可爱的人们。因为这些美好的相遇，人生永远值得期待，未来永远值得我们携手去追寻。

刘欣
2015 年 9 月于中国曲阜